T0125152

CUENTOS DE

E. T. A. HOFFMANN

Austral Cuentos

CUENTOS DE

E. T. A. HOFFMANN

Traducción
C. Gallardo de Mesa

Obra editada en colaboración con Editorial Planeta – España

Títulos originales de los cuentos: *Der goldne Topf, Nußknacker und Mausekönig, Ritter Gluck, Don Juan, Rat Krespel*

E. T. A. Hoffmann

© 2017, Espasa Libros, S. L. U. – Barcelona, España

Derechos reservados

© 2022, Editorial Planeta Mexicana, S.A. de C.V.
Bajo el sello editorial AUSTRAL M.R.
Avenida Presidente Masarik núm. 111,
Piso 2, Polanco V Sección, Miguel Hidalgo
C.P. 11560, Ciudad de México
www.planetadelibros.com.mx

Diseño de la colección: Austral / Área Editorial Grupo Planeta
Ilustración de la portada: © Núria Just

Primera edición impresa en España: 29-XI-1948
Primera edición impresa en España en Austral: junio de 2017
Primera edición impresa en España en esta presentación: abril de 2022
ISBN: 978-84-670-6566-4

Primera edición impresa en México en Austral: octubre de 2022
ISBN: 978-607-07-9316-5

Espasa Libros queda a disposición de aquellos que ostenten los derechos de traducción de los herederos de C. Gallardo de Mesa, con quienes no ha podido contactar.

Impreso en los talleres de Impresora Tauro, S.A. de C.V.
Av. Año de Juárez 343, Colonia Granjas San Antonio, Iztapalapa
C.P. 09070, Ciudad de México.
Impreso en México – *Printed in Mexico*

ÍNDICE

CUENTOS

EL PUCHERO DE ORO

PRIMERA VELADA

LA DESGRACIA DEL ESTUDIANTE ANSELMO.—DE LA PIPA DEL
PASANTE PAULMANN Y LAS SERPIENTES VERDES

El día de la Ascensión, a las tres, penetraba un joven en la ciudad de Dresde por la Puerta Negra, metiéndose, sin advertirlo, en un cesto de manzanas y de bollos que vendía una vieja, de modo que toda la mercancía salió rodando y los chiquillos de la calle se apresuraron a apoderarse del botín que tan generosamente les proporcionaba aquel señor. Ante el griterío que armó la vieja, abandonaron las comadres sus puestos de bollos y aguardiente, rodearon al joven y lo llenaron de soeces insultos; tanto, que el infeliz, mudo de vergüenza y de susto, sólo pensó en entregar su no muy bien provisto bolsillo a la vieja, que lo cogió ávidamente, haciéndolo desaparecer. Entonces se abrió el círculo; pero cuando el joven salió huyendo, la vieja le gritó: «¡Corre..., corre..., hijo de Satanás, que pronto te verás preso en el cristal!...». La voz chillona y agria de la mujer tenía algo de horrible; los paseantes se quedaron parados en silencio y la risa de todos desapareció. El estudiante Anselmo —que este era nuestro joven—, aunque no comprendía el sentido de las palabras de la vieja, se sintió sobrecogido por un involuntario estremecimiento, y apresuró más y más el paso para escapar a la curiosidad de las gentes. Conforme se abría camino entre la multitud, oía murmurar: «¡Pobre muchacho!... ¡La maldita vieja!...».

Las enigmáticas palabras de la vieja dieron a la risible aventura un sentido extrañamente trágico, y todo el mundo se fijó en el hasta aquel momento desconocido joven. Las doncellas comentaban su rostro simpático, cuya expresión realzaba el rubor de la irritación interior, y la estatura extraordinaria del individuo, desgalichado y vestido con descuido. Su levita gris estaba tan mal cortada como si el sastre que la hiciera no tuviese ni la más remota idea de la moda moderna, y sus pantalones, de satén negro, le daban cierto estilo magistral, al que contribuían su prestancia y su apostura. Cuando el estudiante hubo llegado al extremo de la avenida que conduce a los baños de Linke [1], casi le faltaba el resuello. Necesitaba acortar el paso; pero apenas levantaba la vista del suelo, veía los bollos y las manzanas, y las miradas amables de las muchachas que encontraba le parecían el reflejo de las risas de la Puerta Negra. Llegó a la puerta de los Baños; una fila de caballeros bien vestidos penetraba en ellos. Se oían en el interior los ecos de una música de viento y el bullicio de la multitud se hacía cada vez mayor. Las lágrimas acudieron a los ojos del pobre estudiante Anselmo, pues además de que la Ascensión siempre fue para él una fiesta de familia, hubiera deseado penetrar en el paraíso de

---

[1] Los jardines de los baños de Linke, en la orilla derecha del Elba, eran uno de los sitios más frecuentados por los habitantes de Dresde.

Linke para tomar una taza de café con ron y una botella de cerveza, y aún le habría sobrado dinero. Pero el maldito tropezón con el cesto de manzanas le costó todo lo que llevaba consigo. No había que pensar en el café, ni en la cerveza, ni en la música, ni en la contemplación de las muchachas bonitas... Pasó de largo por la puerta de los Baños, y por fin fue a refugiarse en el paseo a orillas del Elba, que estaba solitario. Bajo un saúco que sobresalía de una tapia halló una sombra amable; se sentó tranquilamente y sacó una pipa que le había regalado su amigo el pasante Paulmann. Ante su vista, jugueteaban las ondas doradas del Elba, detrás de las cuales se levantaban las torres esbeltas de Dresde en el fondo polvoriento del cielo, que cubría las verdes praderas floridas y los verdes bosques; y en la profunda oscuridad se erguían las dentadas montañas, nuncios del país de Bohemia. Mirando fijamente ante sí, el estudiante Anselmo sopló en el aire las nubes de humo, y su mal humor se expresó en alta voz, diciendo: «¡La verdad es que he nacido con mal sino! Que no haya sido nunca el niño de la suerte[2], que jamás acierte a pares o nones, que si se me cae el pan con manteca siempre sea del lado de la grasa..., de estas penas no quiero hablar; pero ¿no es un hado funesto que cuando me he decidido a ser estudiante tenga que ser siempre un *kümmeltürke?*[3]. Si estreno un traje, es seguro que el primer día me caerá una mancha o me engancharé en el primer clavo con que tropiece. Si saludo a una dama o a un

———————

[2]   Se le llamaba el niño de la suerte al que le tocaba el haba que solían tener las tortas de Reyes que se comían el 6 de enero. El agraciado era nombrado rey y elegía una reina y un reino, etc.

[3]   *Kümmeltürke,* el estudiante que no salía de los alrededores de su pueblo y no vivía independiente.

consejero, no será sin que se me caiga el sombrero o res-
bale en el suelo y me dé un golpe, provocando la risa de
los presentes. ¿He llegado al colegio alguna vez a
tiempo? ¿De qué me ha servido salir de casa con media
hora de anticipación y colocarme delante de la puerta,
con el libro en la mano, pensando penetrar al primer toque de campana, si el demonio me dejaba caer sobre la
cabeza una jofaina o me hacía atropellar por uno que salía, metiéndome en un laberinto y echándolo todo a perder? ¡Ay, ay! ¿Dónde estáis, sueños de felicidad, que yo,
orgulloso, pensaba podrían conducirme a secretario particular? Mi mala estrella me ha indispuesto con mis más
valiosos protectores. Yo sé que el consejero íntimo al que
vengo recomendado no puede aguantar los cabellos re-
cortados; con gran trabajo colocó el peluquero una coleta
en mi coronilla, pero a la primera reverencia se me cayó
el desdichado adorno, y un perrillo juguetón que caraco-
leaba alrededor mío lo llevó muy contento a su amo.
Asustado, me eché encima de él sobre la mesa de trabajo
en que estaba almorzando el consejero, di al traste con las
tazas, los platos, el tintero..., la salvadera, que se rompieron, ensuciando los papeles de tinta y de chocolate.
"¡Es usted el demonio!", exclamó furioso el consejero, y
me arrojó de su presencia. ¿De qué me sirve que el pasante Paulmann me haya ofrecido una plaza de escri-
biente, si mi mala sombra me sigue a todas partes? Lo
mismo que hoy... Quería yo celebrar el día de la Ascensión en debida forma. Hubiera podido, como los demás
mortales, entrar en los Baños y gritar: "¡Una botella de
cerveza..., de la mejor!... ". Podía haber permanecido allí
dentro hasta muy tarde, rodeado de muchachas bonitas y
elegantes. Estoy seguro de que el alma me habría vuelto
al cuerpo, que hubiera sido otro hombre, y hasta si me

hubiesen preguntado "¿Es muy tarde?" o "¿Qué tocan?", me habría levantado ligero, sin tirar el vaso ni el banco, y adelantándome unos pasos, hubiera dicho: "Esta es la obertura de *Donauweibchen"* [4], o "Acaban de dar las seis". ¿Podía alguien haberlo tomado a mal? No, me parece a mí; las muchachas me hubieran mirado riendo burlonas, como suelen hacer, si se me hubiese ocurrido demostrar que yo también entendía algo de la vida y sabía conducirme con las damas. Pero el demonio me lanzó contra el maldito cesto de manzanas, y ahora tengo que arreglármelas solo con mi pipa».

Aquí el estudiante Anselmo vio interrumpido su monólogo por un ruido inesperado que salía de la hierba que le rodeaba, extendiéndose luego a las ramas del saúco que sombreaba su cabeza. Parecía unas veces el viento de la noche que movía las hojas; otras, el bullicioso rumor de pajarillos en las ramas que agitasen inquietos las alas. Luego comenzó a tintinear como si en las ramas colgasen campanillas de cristal. Anselmo escuchaba y escuchaba; de pronto le pareció que el murmullo y el tintineo se convertían en palabras que decían: «A través... o derecho..., entre las ramas..., entre las flores..., rodemos; culebremos, enredemos..., hermanita...; hermanita, da vueltas a media luz..., de prisa, de prisa..., arriba, abajo...; el sol de la tarde nos envía sus rayos...; el viento crepuscular refresca..., agita el rocío; las flores cantan...; movamos las lengüecillas con las flores y las ramas...; las estrellas brillan... arriba, abajo, aquí, acullá...; rodemos, culebremos, enredemos, hermanita».

Y así continuó una charla incongruente. El estudiante Anselmo pensó: «Este es el viento crepuscular, que hoy

---

[4] *Das Donauweibchen,* una ópera llamada también *Saalnixe,* comi-corromántica, de F. Kauer, letra de K. F. Hensler.

me hace comprender sus palabras». Pero en el mismo momento sintió sobre su cabeza como tres notas de campanillas de cristal. Miró hacia arriba y vio tres serpientes de un verde dorado enredadas entre las ramas y que alargaban sus cabezas para recibir el sol poniente. Comenzaron de nuevo a oírse las palabras sin sentido, y las serpientes se deslizaban y se revolvían entre las ramas y las hojas, y al moverse con rapidez, parecía que el saúco estaba inundado de esmeraldas que brillaban entre sus hojas oscuras. «Es el sol poniente que juguetea en el saúco», pensó Anselmo. Pero volvió a oír las campanillas, y vio que una de las serpientes dirigía la cabeza hacia él. Sintió como una conmoción eléctrica y comenzó a temblar interiormente... Miró hacia arriba y observó un par de ojos azul oscuro que se fijaban intensamente en él, sintiéndose entonces acometido de una sensación desconocida de felicidad y de dolor profundo que parecía querer hacerle saltar el corazón. Y mientras, lleno de ardientes deseos, contemplaba los divinos ojos, resonó más fuerte, en armoniosos acordes, el ruido de las campanillas de cristal, y las centelleantes esmeraldas subían y bajaban y le rodeaban de mil llamitas, jugueteando alrededor suyo con hilillos de oro. El saúco se movió y dijo: «Esta es mi sombra, mi aroma te embalsama; pero no me comprendes. Aroma es mi lenguaje cuando el amor lo inspira». El vientecillo sopló suave y dijo: «Arrullo tu sueño; pero no me comprendes. Céfiro es mi lenguaje cuando el amor lo inspira». Los rayos de sol rompieron las nubes, y la luz dijo: «Te inundo de oro abrasador; pero no me comprendes. Fuego es mi lenguaje cuando el amor lo inspira».

Y cuanto más embebido en la mirada de los ojos deliciosos, más ardientes fueron su anhelo y su deseo. Todo se conmovió como si lo despertase una vida alegre; las flores, los brotes le embalsamaban con su aroma, que asemejaba el cántico maravilloso de millares de flautas, que arrastraba el eco por las doradas nubes crepusculares. Cuando desapareció tras los montes el último rayo de sol y la noche tendió su manto sobre la tierra, una voz ronca y lejana exclamó: «¿Qué significa ese ruido y ese murmullo allá arriba? ¡Viva, viva! ¿Quién me busca en el rayo tras los montes? Basta de ruido, basta de cánticos. ¡Viva, viva! Por los matorrales y por las praderas..., por las praderas y por los arroyos... ¡Viva, viva! Abajo, abajo...».

La voz desapareció como el eco de un trueno lejano; pero las campanillas de cristal se rompieron en una disonancia cortante. Todo quedó en silencio, y Anselmo vio a las tres serpientes que se arrastraban, estremeciéndose, por la hierba hacia el río, y se precipitaron en el Elba, desapareciendo entre sus ondas, y en el sitio preciso se elevó un fuego crepitante que desapareció luego, poco a poco, en dirección de la ciudad.

SEGUNDA VELADA

DE CÓMO EL ESTUDIANTE ANSELMO FUE TOMADO POR BORRACHO Y POR LOCO.—EL PASEO POR EL ELBA.—EL ARIA DEL DIRECTOR DE ORQUESTA GRAUN.—EL LICOR ESTOMACAL DE CONRADI Y LA BRONCÍNEA VENDEDORA DE MANZANAS

—Este señor no está en su juicio —dijo una respetable burguesa que, volviendo de paseo con su familia, se quedó parada y con los brazos cruzados contemplando los movimientos del estudiante Anselmo.

Se había este abrazado al tronco del saúco y gritaba, dirigiéndose a las hojas y a las ramas:

—¡Brillad y relucid otra vez, lindas serpientes de oro! ¡Que yo oiga de nuevo las campanillas de cristal! ¡Que me miren vuestros divinos ojos; si no, sucumbiré de dolor y de angustia!

Y suspiraba y gemía profundamente, y sacudía con impaciencia el saúco, que, lejos de responderle, movía sus hojas indiferente y parecía como si se burlase de las ansias del estudiante.

—Este señor no está en su juicio —repitió la buena mujer.

Y al oírlo le pareció a Anselmo que le despertaban violentamente de un sueño profundo o que le rociaban con agua helada para despabilarle. Vio claro dónde se encontraba y recordó que algo muy extraño le había conmovido al punto de hacerle hablar solo. Confuso, contempló a la mujer, y recogió del suelo el sombrero con intención de huir. Mientras tanto, el marido había llegado junto a su mujer, y después de dejar sobre la hierba al chiquillo que llevaba en brazos, contemplaba con curiosidad y admiración al estudiante Anselmo. Cogió la pipa y la tabaquera de este, que estaban caídas, y dijo, alargándole ambos objetos:

—No se apure el señor ni veje a la gente, que no le falta en nada, por haber bebido un vaso de más... Váyase derecho a su casa y échese a dormir.

El estudiante Anselmo se avergonzó mucho y lanzó un ¡ay! quejumbroso.

—Vaya, vaya —continuó el burgués—, sea razonable y no se apure, que no tiene nada de particular el tomar una copa de más el día de la Ascensión; eso le ocurre a cualquiera. Si me lo permite, voy a llenar mi pipa de su tabaco, pues el mío se ha acabado.

Esto dijo el buen burgués en el momento en que el estudiante iba a guardarse la pipa y la tabaquera; y sin otra ceremonia, limpió la suya y comenzó tranquilamente a llenarla. Algunas muchachas se habían acercado entretanto y cuchicheaban con la mujer, mirando a Anselmo, al que le parecía estar sobre aceradas y ardientes espinas. En cuanto tuvo en su poder la pipa y la tabaquera, echó a correr sin decir una palabra. Todo lo que viera de maravilloso bajo el saúco había desaparecido, y sólo recordaba haber soñado toda clase de cosas extrañas, acometiéndole una especie de terror involuntario al recordarlo. «Satanás se ha apoderado de ti», le dijo el rector, y no le cabía duda de que estaba en lo cierto. Y tal pensamiento no era soportable para un *candidatus theologiae* borracho el día de la Ascensión.

Iba a internarse por la alameda del jardín de Kosel[5], cuando oyó a su espalda una voz que decía: «Anselmo, Anselmo, ¿dónde demonios va usted con tanta prisa?». El estudiante se quedó como clavado en el suelo, pues estaba seguro de que le sucedería una nueva desgracia. Se oyó otra vez la voz: «Anselmo, vuélvase y venga con nosotros a la orilla del río». Entonces, Anselmo se dio cuenta de que quien le llamaba era su amigo Paulmann, el pasante; dio media vuelta, dirigiéndose hacia la orilla del Elba, y se encontró a su amigo con sus dos hijas y el registrador Heerbrand, que se disponían a tomar una barca. Paulmann invitó al estudiante a que los acompañara a dar un paseo por el río y a pasar la noche con ellos. Anselmo aceptó encantado, pues de aquella manera creía poder escapar a todas las desdichas que le ocurrieran durante el día.

Cuando marchaban por el río vieron que en la orilla opuesta, del lado de Antonschen Garten[6], estaban lan

---

[5]   En la ciudad nueva; antes, un jardín particular, y público en tiempos de Hoffmann.

[6]   Grupo de casas con jardín y anejos, en la parte vieja de la ciudad.

zando fuegos artificiales. Chisporroteando y crepitando, volaban los cohetes por el espacio, lanzando en todas direcciones millares de estrellas, que iluminaban con sus destellos. El estudiante Anselmo iba meditabundo junto al barquero, y cuando vio reflejarse en el agua los fuegos artificiales le pareció que las serpientes doradas salían del fondo. Todo lo que viera bajo el saúco volvió a su imaginación, y de nuevo se sintió acometido del inexplicable deseo y de la ansiedad que le produjeran un encanto doloroso.

—¿Estáis de nuevo en mi presencia, serpientes doradas? Cantad, cantad. En vuestro canto aparecen los ojos azules maravillosos... ¿Estáis en el fondo de las aguas? —así exclamaba el estudiante Anselmo al tiempo que hacía ademán de querer arrojarse al agua.

—¡Es usted el demonio!, exclamó el barquero, cogiéndole por los faldones.

Las muchachas que estaban a su lado comenzaron a gritar asustadas y se escaparon al lado opuesto de la barca. El registrador Heerbrand dijo algo al oído al pasante Paulmann, a lo que este respondió en voz baja, llegando a Anselmo estas palabras: «Un caso semejante... sin notarlo».

A los pocos momentos se levantó Paulmann, y con gran ansiedad se colocó junto al estudiante, le tomó las manos y le dijo:

—¿Cómo va, Anselmo?

Por poco pierde el conocimiento el estudiante, pues en su interior sintió una confusión que inútilmente trataba de calmar. Vio claramente que lo que había tomado por el brillo de las serpientes no era otra cosa que los fuegos artificiales del Antonschen Garten; pero sentía su pecho agitado por una sensación, desconocida, que no sabía si era dolor o alegría; y cuando el remero sacudió el agua con los remos y esta salpicó como irritada, oyó una voz que decía: «Anselmo..., An..., ¿no ves que estamos a tu lado? Míranos como a hermanitas... Cree..., cree... en nosotras». Y le pareció que en el reflejo veía tres rayas doradas. Pero cuando contemplaba atento el agua para ver si los lindos ojos le miraban desde el fondo, advirtió, dolorido, que lo que se reflejaba eran las ventanas iluminadas de las casas cercanas.

Permaneció en silencio y luchando en su interior; pero el pasante Paulmann dijo:

—¿Qué tal le va, Anselmo?

—Muy desanimado —respondió el estudiante—. ¡Ay, si usted supiera lo que he soñado mientras permanecía a la sombra de un saúco junto a las tapias del jardín de Linke, me perdonaría el que estuviera tan distraído!

—Vaya, vaya, Anselmo; siempre le he tenido por un joven sano, y eso de soñar... con los ojos abiertos y luego querer arrojarse al agua..., eso, perdóneme, no lo hacen más que los necios o los locos.

El estudiante se quedó confuso ante las duras palabras de su amigo; y la hija mayor de este, Verónica, una muchacha de dieciséis años, muy bonita, dijo a su vez:

—Querido padre, seguramente a nuestro amigo le ha ocurrido algo extraño, y se ha dormido al pie del saúco y se figura que ha visto en realidad lo que ha soñado.

Tomó entonces la palabra el registrador Heerbrand, diciendo:

—Señorita, amigo mío: ¿no creen ustedes que sin llegar a dormirse se puede caer en un verdadero sopor? A mí algunas veces me ocurre, después de tomar el café, quedarme en un estado casi inconsciente; y sin ir más lejos, ayer mismo me sentí inspirado y vi ante mis ojos una sentencia latina.

—Querido registrador —repuso el pasante—, usted siempre ha tenido cierta inclinación a la poesía, y eso predispone a lo fantástico y a lo novelesco.

El estudiante Anselmo comprendía demasiado que le consideraban como loco o borracho, y se dedicó en silencio a contemplar a Verónica, advirtiendo por primera vez que tenía unos ojos azules preciosos, que le hacían olvidar los que contemplara bajo el saúco. Olvidó casi totalmente la aventura pasada, sintiéndose alegre y satisfecho y llegando hasta ofrecer la mano a su defensora Verónica cuando bajaban de la lancha, dándole el brazo para conducirla a su casa, con tanta soltura, que sólo se escurrió una vez y salpicó de barro su vestido en uno de los mayores charcos que encontraran en el camino.

No pasó inadvertido para el pasante Paulmann el cambio de Anselmo, y queriendo congraciarse con él le pidió perdón por las frases duras que le dirigiera, diciéndole:

—Sí, hay ejemplos de casos en que la fantasía se apodera de los individuos y llega a producir verdaderos trastornos; pero se trata de enfermedades, y para aliviarlas se emplean las sanguijuelas, aplicadas, *salva venia,* atrás, como lo demuestra un sabio muy conocido, ya difunto [7].

El estudiante Anselmo no sabía si estaba loco, borracho o enfermo; pero, de todos modos, le parecían inútiles las sanguijuelas, pues los fantasmas habían desaparecido por completo y se sentía cada vez más sereno y alegre, y trataba por todos los medios de interesar a la preciosa Verónica.

Como de costumbre, se hizo música al terminar la comida; el estudiante hubo de sentarse al piano, y Verónica

---

[7] Christoph Friedrich Nicolai (1733-1811), en su obra *Beispiel einer Erscheinung mehrerer Phantasmen,* 1799.

dejó oír su voz clara y bien timbrada. El registrador Heerbrand, al oírla, dijo:

—Señorita, tiene usted una voz que parece una campanilla de cristal.

—Eso no —repuso el estudiante sin darse cuenta y provocando las miradas de todos—. Las campanillas de cristal suenan de un modo maravilloso en el saúco —siguió el estudiante a media voz.

Verónica le puso la mano en el hombro y dijo:

—¿Qué está usted diciendo, Anselmo?

El pasante Paulmann le miró muy serio, y el registrador colocó un papel en el atril y se puso a cantar con gran maestría un aria del maestro Graun [8]. El estudiante Anselmo acompañó a otros varios y luego contribuyó al regocijo general cantando con Verónica un dúo compuesto por el mismo señor Paulmann.

Era ya tarde, y el registrador requirió el sombrero y el bastón para marcharse, cuando le abordó el pasante y le dijo:

—¿Quiere usted decirle a Anselmo algo respecto a lo que hemos hablado?

—De mil amores —repuso el registrador Heerbrand, y comenzó, después de sentarse en el círculo—: Hay aquí un hombre maravilloso que, según dicen, es muy versado en las ciencias ocultas; pero como hoy día hay poca ocasión de practicarlas, se dedica a anticuario y tiene fama asimismo como químico. Me refiero al archivero Lindhorst. Como usted sabe, vive solo, en una casa vieja y

_____

[8]   Karl Heinrich Graun (1701-1775), cantante de ópera, nombrado maestro de capilla en Berlín después del advenimiento de Federico el Grande. Compuso numerosas obras, llegando a alcanzar gran renombre en las de música religiosa.

apartada, y cuando su servicio no lo reclama se le encuentra siempre en su despacho o en su laboratorio, donde no permite a nadie la entrada. Tiene, además de muchos libros raros, manuscritos árabes, coptos, y en signos extraños que no pertenecen a ningún idioma conocido. Desea que le copien estos, y, para ello, necesita un hombre que sepa hacer primores con la pluma y pueda copiar con toda fidelidad y exactitud los signos que se hallan en el pergamino. Le hace trabajar en un aposento especial de su casa; le paga, aparte de la comida, durante el tiempo que dure el trabajo, un ducado diario, y un regalo si lo termina a su gusto. El horario de trabajo es de diez a seis. De tres a cuatro se emplea en descansar y comer. Ya ha tenido dos o tres jóvenes que no le han satisfecho, y se ha dirigido a mí para que le indique alguien que sea buen plumista. Yo he pensado en usted, querido Anselmo, pues sé que escribe a la perfección y que dibuja con la pluma. ¿Quiere usted ganarse el ducado diario hasta que tenga otra colocación mejor, a más del regalo prometido? Si quiere, vaya mañana, a las doce en punto, a casa del archivero, cuya morada de sobra conoce. Pero tenga cuidado con los borrones, porque si le cae alguno en la copia, tendrá usted que comenzarla de nuevo; pero si le cae en el original, el archivero podría muy bien arrojarle por la ventana, pues es un hombre violento.

El estudiante Anselmo aceptó encantado el encargo del registrador, pues no solamente era una notabilidad con la pluma en la mano, sino que su verdadera pasión consistía en hacer primores caligráficos. Dio las gracias a sus protectores en los términos más calurosos y les prometió no faltar a la cita al día siguiente a las doce.

Durante la noche Anselmo no vio más que relucientes ducados y oyó su tintineo armonioso. ¿Quién podrá censurar que un desgraciado tan perseguido por el infortunio considerase como una bendición la idea del dinero que iba a ganar? Muy de mañana buscó sus lapiceros, sus plumas de ave y la tinta china, pues pensaba que el archivero no tendría mejores materiales. Ante todo reunió y ordenó sus muestras caligráficas y sus dibujos, para presentarlos al archivero como prueba de su habilidad, si así lo deseaba. Todo marchó perfectamente al principio, como si luciera para él una buena estrella: la corbata le salió bien a la primera y no se le hizo ningún punto en la media, como solía ocurrirle; no se le cayó el sombrero, y a las once y media en punto estaba el buen Anselmo, con su casaca gris y su pantalón negro, con un rollo de papeles bajo el brazo y una colección de dibujos a pluma en el bolsillo, en la Schlossgasse, en la tienda de Conradi [9], tomando un vaso del mejor licor estomacal, pues, según pensaba, en sus bolsillos, vacíos aún, no tardaría en haber un ducado.

Sin advertir la gran distancia que recorriera hasta la callejuela en que se encontraba la casa del archivero, el estudiante Anselmo se halló ante la puerta a las doce en punto. Al llegar dirigió la mirada al grueso llamador de bronce; pero cuando, al sonar la última campanada en el reloj de la iglesia próxima, se disponía a cogerlo para llamar, se encontró con que el rostro metálico le dirigía una mirada aviesa al tiempo que una sonrisa asquerosa. ¡Era el rostro de la vendedora de manzanas de la Puerta Negra! Los dientes afilados castañeteaban en la boca flácida, y al castañetear decían: «¡Estúpido..., estúpido..., estúpido..., espera un poco, espera! ¿Por qué has salido,

---

[9] Conradi era el nombre de un tabernero muy conocido en Dresde, que después estuvo en la Seestrasse.

estúpido?». Asustado, el estudiante retrocedió; quiso aga-
rrarse la jamba de la puerta; pero su mano cogió el cordón de la campanilla, que sonó repetidas veces de un
modo extraño, y en toda la casa el eco repetía: «¡Pronto
caerás en el cristal!». El estudiante se sintió acometido de
un terror que le produjo el frío de la fiebre. El cordón de
la campanilla se inclinó hacia abajo, convirtiéndose en
una serpiente blanca y transparente que le rodeaba y le
oprimía cada vez más fuerte en sus contorsiones, hasta
que los miembros tiernos, triturados, se rompieron en pedazos, y de sus venas brotó la sangre, que penetró en el
cuerpo transparente de la serpiente, poniéndole a él rojo.
«¡Mátame, mátame!», quería gritar en su terror; pero sólo
conseguía articular un sonido ronco. La serpiente levantó
la cabeza y dirigió su lengua afilada desde la tierra al pecho de Anselmo; entonces sintió un dolor agudísimo en el
corazón y perdió el conocimiento. Cuando volvió en sí
estaba en una camita modesta, y a su lado el pasante Paulmann, que le decía:

—Por amor de Dios, querido Anselmo, ¿qué extravagancias son esas?

TERCERA VELADA

NOTICIAS SOBRE LA FAMILIA DEL ARCHIVERO LINDHORST.—LOS
OJOS AZULES DE VERÓNICA.—EL REGISTRADOR HEERBRAND

—El espíritu miró fuera del agua, que se conmovió y
saltó en ondas espumosas; estas se precipitaron en el
abismo, cuyas fauces negras se abrieron ansiosas de en-
gullirlas. Como vencedor triunfante, la roqueda de granito elevó su cabeza coronada de picachos, protegiendo
el valle hasta que el sol lo acogió en su seno maternal y

lo rodeó con sus rayos como brazos ardientes, calentándolo e iluminándolo. Entonces miles de gérmenes que dormían bajo la arena despertaron de un sueño profundo, y estiraron sus hojillas y sus tallos para saludar a su madre, y como niños alegres que juguetean en una pradera, asomaron sus botones, que se abrieron al fin, acariciados por la madre y coloreados por miles de matices a cual más lindo. En el centro del valle se erguía una colina negra que se agitaba como el pecho del hombre cuando le conmueven las malas pasiones. Del abismo subían las emanaciones, y reuniéndose en masas enormes se esforzaban en ocultar el rostro de la madre; pero entonces estalló la tormenta y las alejó de allí, y cuando el rayo límpido volvió a iluminar la colina negra brotó una azucena roja, la cual abrió sus hojas como labios que fueran a recibir el beso de la madre. En el valle apareció una lucecilla brillante: era el joven Fósforo, y al verlo, la azucena exclamó llena de ansiedad: «Sé mío para siempre, hermoso joven. Te amo y moriría si me abandonases». El joven respondió: «Seré tuyo, linda flor; pero tendrás que abandonar a tu padre y a tu madre como un hijo bastardo; no volverás a ver a tus camaradas; querrás ser más grande y más fuerte que todo lo que ahora te alegra y regocija. El anhelo que llena tu ser te servirá de tormento y martirio, pues el pecado dará origen a otros pecados, y la alegría grande que enciende la chispa que yo vierto en ti es el dolor sin esperanza, en el que te sumirás para renacer en una forma extraña. ¡Esta chispa es el pensamiento!». «¡Ay! —exclamó la azucena—. ¿No podré ser tuya en el ardor que me abrasa? ¿Puedo amarte más aún y puedo contemplarte si tú me aniquilas?». Besó al Fósforo, y como penetrada de su luz, se vio rodeada de llamas, de las que salió un ser nuevo, que no tardó mucho en revolotear por el valle, sin preocuparse de los camaradas jóvenes ni del joven amante. Este se lamentaba por su amor perdido, pues continuaba amando a la azucena en el valle solitario, y las rocas de granito inclinaban sus cabezas tomando parte en los lamentos del joven. Una de ellas abrió su seno, y de él salió un dragón de negras alas que dijo: «Mis hermanos los metales duermen ahí dentro; pero yo estoy alegre y despierto y quiero ayudarte». Subiendo y bajando atrapó el dragón al ser extraño nacido de la azucena, lo llevó a la colina y lo rodeó con sus alas; volvió a ser la azucena; pero el pensamiento le destrozaba por dentro, y el amor por el joven Fósforo era un lamento cortante, ante el cual, con el aliento emponzoñado, se marchitaban las florecillas que antes alegraban su vista. El joven Fósforo se puso una armadura brillante, que relucía con mil colores, y luchó con el dragón, que con sus alas negras chocó contra la armadura, haciéndola resonar, y entonces las florecillas volvieron a la vida y rodearon al dragón como pájaros maravillosos, haciéndole perder fuerzas y ocultarse en el fondo de la tierra vencido. La azucena estaba libre; el joven Fósforo la abrazó con amor celestial, y las flores y los pájaros y hasta las mismas rocas de granito cantaron un himno de alegría, proclamándola reina del valle.

—Señor archivero —dijo el registrador Heerbrand—, eso es completamente oriental, y ahora deseamos que nos cuente algo, como ha hecho otras veces, de su vida, de sus viajes, algo que sea verdad.

—Lo que acabo de contarles —respondió el archivero Lindhorst— es de lo más verídico que puedo referirles de mi vida, pues yo procedo de ese valle, y la azucena que reinó en él era mi tatarabuela en no sé qué grado, por lo cual, yo también soy príncipe.

Todos se echaron a reír ruidosamente.

—Bueno, ríanse ustedes cuanto quieran —siguió el archivero—. Pueden tomar por insensato todo lo que acabo de contarles, pero no por eso dejará de ser rigurosamente cierto. De haber sabido que la historia de amor a la que debo mi nacimiento les agradaba tan poco, les habría contado algo nuevo que me ha referido mi hermano.

—Cómo, ¿tiene usted un hermano? ¿Dónde está? ¿Dónde vive? ¿Sirve también al rey, o es algún sabio independiente? —le preguntaban todos.

—No —repuso el archivero, tomando una pizca de rapé con suma tranquilidad—; se colocó en la parte mala y está bajo el dominio del dragón.

—¿Bajo el dominio del dragón? —se oyó como un eco por todas partes.

—Sí, bajo el dominio del dragón —continuó el archivero Lindhorst, en realidad en la desesperación—. Ustedes saben, señores míos, que mi padre murió hace poco tiempo, hace unos trescientos ochenta y cinco años, por lo cual aún llevo luto. Yo era su preferido, y me dejó un ónice que también quería poseer mi hermano. Nos peleamos delante del cadáver de una manera muy poco cortés, hasta que el difunto perdió la paciencia, se levantó y arrojó por las escaleras al hermano malo. Le tocó a mi hermano, y fue a parar a los dominios del dragón. Ahora está en un bosque de cipreses cerca de Túnez, donde tiene a su cargo el cuidado de un renombrado carbunclo místico, el cual es buscado por un demonio de nigromante que tiene su residencia de verano en Laponia, y sólo puede aprovechar para venir a verme el cuarto de hora que el nigromante se dedica a cuidar de sus salamandras, aprovechando esos momentos para contarme a toda prisa lo que ocurre de nuevo en las fuentes del Nilo.

Por segunda vez, los presentes se echaron a reír; pero el estudiante Anselmo comenzó a sentirse inquieto y apenas se atrevía a mirar los ojos grandes del archivero, sin que le invadiera cierto malestar interior. La voz de archivero Lindhorst tenía algo metálico e impresionante que le hacía estremecerse hasta la médula. El objeto que impulsó al registrador Heerbrand a llevarle consigo al café no parecía fácil de alcanzar por aquel día.

Después de lo que ocurriera al estudiante Anselmo a la puerta del archivero, no se atrevió a intentar la visita por segunda vez, pues tenía el convencimiento de que sólo la casualidad le había librado, si no de la muerte, por lo menos de un gran peligro. El pasante Paulmann acertó a pasar por aquella calle cuando él yacía sin sentido delante de la puerta de la casa del archivero, y a su lado una vieja que para atenderle había dejado un cesto lleno de bollos y manzanas. El señor Paulmann había requerido una camilla y lo hizo trasladar a su casa. «Pueden creer lo que quieran de mí —decía el estudiante Anselmo—, pueden tomarme por loco o por... lo que quieran; pero yo estoy seguro de que en el llamador de la puerta me hacía guiños la maldita cara de la bruja de la Puerta Negra. De lo que sucedió después, no quiero hablar; pero si yo llego a recobrar el conocimiento y veo a mi lado a la vendedora de manzanas, que no era otra la vieja que estaba junto a mí, estoy seguro de que me da un ataque o me vuelvo loco.»

Ni las reflexiones del pasante Paulmann, ni los discursos del registrador Heerbrand, ni los de Verónica, acompañados de las miradas de sus ojos azules, lograron sacarle del ensimismamiento en que cayó. Lo consideraron mentalmente enfermo y comenzaron a pensar en un medio de distraerle, decidiendo el registrador Heerbrand que nada más a propósito que la ocupación de copiar los manuscritos del archivero. Pensaron, por lo tanto, en el modo de ponerlos en comunicación, y como el registrador sabía que el archivero acudía casi todas las noches a cierto café, invitó al estudiante Anselmo a frecuentarlo a costa suya y tomar una cerveza y fumarse una pipa, hasta que se presentase ocasión de conocer al archivero y tratar con él del asunto de las copias, a lo cual el estudiante accedió de buen grado.

—Merecerá usted bien de la posteridad si consigue volver a la razón al pobre joven, amigo Heerbrand —dijo el pasante Paulmann.

—Sí, es verdad —confirmó Verónica, elevando sus lindos ojos al cielo con expresión piadosa y pensando que el estudiante Anselmo era un joven muy simpático aunque estuviera trastornado.

En el momento en que el archivero Lindhorst se disponía a salir, armado de bastón y sombrero, el registrador tomó a Anselmo de la mano y, cortando el paso al archivero, le dijo:

—Estimado señor archivero: aquí tiene usted al estudiante Anselmo, que es una eminencia en trabajos de pluma y quiere copiar sus manuscritos.

—Me alegro extraordinariamente —respondió el archivero Lindhorst, apresurado.

Se puso el sombrero de tres picos y, apartando al registrador y a Anselmo, echó a correr escalera abajo, quedándose los otros parados y mirando a la puerta, que el primero cerró de un portazo, haciendo rechinar los goznes.

—Es un viejo extraordinario —dijo el registrador.

—Un viejo extraordinario —repitió Anselmo, sintiendo como si le corriera por las venas una corriente de agua helada capaz de convertirle en estatua de mármol.

Todos los asistentes al café se echaron a reír, y dijeron:

—El archivero estaba hoy de humor; mañana seguramente estará tranquilo y no hablará una palabra, sino que se pasará las horas mirando las volutas de humo de su pipa o leyendo periódicos; no hay que hacerle caso.

«Es verdad —pensaba el estudiante Anselmo—, no hay motivo para preocuparse. ¿No ha dicho el archivero que se alegraba mucho de que yo quisiera copiar sus manuscritos? Pero ¿por qué ha cerrado el paso al registrador cuando ha visto que se dirigía a su casa? El archivero es en el fondo una buena persona y generoso en extremo..., pero un poco extraño en sus discursos. En todo caso, ¿a mí qué me importa? Mañana a las doce en punto me presentaré en su casa a pesar de todas las brujas de bronce.»

CUARTA VELADA

MELANCOLÍA DEL ESTUDIANTE ANSELMO.—EL ESPEJO DE ESMERALDAS.—DE CÓMO EL ARCHIVERO LINDHORST VOLÓ COMO UN MILANO Y EL ESTUDIANTE ANSELMO NO ENCONTRÓ A NADIE

Tengo que preguntarte, amable lector, si en tu vida no has tenido horas y días y semanas en los cuales se te ha presentado todo lo hecho a diario como un verdadero tormento, y en los que todo lo que has considerado como digno de tu esfuerzo te parece estúpido y sin objeto. En esos momentos no sabes qué hacer ni adónde dirigirte; en tu pecho se esconde el sentimiento de que en alguna parte y alguna vez habrá ocasión de llenar cumplidamente todos tus deseos, que el espíritu, como un niño temeroso, no se atreve a formular; y en este anhelo por lo desconocido, algo que flota por dondequiera que vayas y dondequiera que estés se te aparece como un sueño en el que figuran seres translúcidos que te hacen enmudecer para todo lo que aquí te rodea. Diriges tu mirada turbada en derredor como un amante sin esperanza, y todo lo que los hombres hacen en abigarrado revoltijo te produce dolor y mucha alegría, como si no pertenecieses a este mundo. Si te ha ocurrido alguna vez esto, querido lector, conoces por experiencia propia el estado del estudiante Anselmo. Lo que más deseo es haber conseguido pintarle con colores vivos ante tus ojos, pues en realidad en las vigilias que he dedicado a escribir su historia peregrina he procurado hacerlo con toda exactitud, relatando lo maravilloso como si fuera un cuento de aparecidos, al punto que hay momentos en que temo que no creas ni en el estudiante Anselmo ni en el archivero Lindhorst, y que hasta llegues a dudar de la existencia del pasante Paulmann y del registrador Heerbrand, o por lo menos pasen inadvertidos para ti estos estimables señores, que aún se pasean por Dresde. Intenta, estimado lector, penetrar en el mundo de las hadas, lleno de maravillas que provocan las grandes alegrías y los grandes terrores, donde las diosas levantan sus velos para que podamos contemplar sus rostros; pero una sonrisa de incredulidad asoma a todos los labios, la burla con que se acoge siempre todo lo fabuloso, como los cuentos de las madres a sus hijos pequeños. Bien; pues en este reino, que por lo menos en sueños se nos abre algunas veces, trata de penetrar, querido lector, y de reconocer las figuras tal y como las ves en la vida diaria. Entonces creerás que el tal reino está más cerca de ti de lo que te figuras; esto lo deseo con todo mi corazón, para que te puedas hacer más cargo de la historia del estudiante Anselmo.

Como ya hemos dicho, el estudiante Anselmo, desde la noche en que vio al archivero Lindhorst, cayó en una apatía somnolienta que le hacía insensible a todas las emociones de la vida corriente. Sentía en su interior algo desconocido que le conmovía y le producía una especie de dolor agradable, que es la consecuencia del anhelo que a los hombres promete otro ser más alto. Donde se encontraba más a gusto era en las praderas y en los bosques, en los que podía contemplar a sus anchas la naturaleza y la vida y sumirse en reflexiones interiores. Y ocurrió que volviendo un día de un largo paseo, acertó a pasar por delante de aquel saúco donde fue acometido por las hadas y vio cosas tan raras; se sintió atraído por la alfombra verde del césped, y apenas se había sentado, cuando todo lo que en un día contemplara como en éxtasis, y cuyo recuerdo conservaba en el fondo de su alma, volvió a aparecérsele como si lo viera por segunda vez. Y aún más claro que entonces, vio los ojos azules de las serpientes doradas que en el centro del saúco se erguían, y las campanillas de cristal que brotaban de su contorno, llenándole de encanto y alegría. Lo mismo que el día de la Ascensión, se abrazó al saúco, que dirigiéndose a las ramas y a las hojas, exclamó: «Deslízate e inclínate, serpiente dorada, en las ramas, para que yo pueda contemplarte. Mírame una vez más con tus divinos ojos. Te amo y moriré de pena y de dolor si no vuelves». Todo quedó en silencio, y, entonces, el saúco sacudió sus ramas y agitó sus hojas. Pero el estudiante Anselmo comprendió lo que le inquietaba y conmovía, y que no era otra cosa que el dolor de un anhelo sin fin. «Estoy seguro —dijo— de que te amo con toda mi alma y hasta la muerte, deliciosa serpiente verde; sin ti no puedo vivir, y pereceré miserablemente si no te veo, si no te tengo junto a mí, como la amada de mi corazón...;

pero ya sé que eres mía y que ha de llegar un día en que vea realizados mis deseos de otro mundo.»

El estudiante Anselmo iba todas las tardes, cuando el sol se filtraba por entre los árboles, a colocarse bajo el saúco y dirigía sus endechas amorosas a las hojas y a las ramas, pensando que llegarían a la serpiente. Una vez que repetía las mismas quejas se le apareció de repente un hombre seco, envuelto en una vestidura gris claro, y le dijo, mirándole con ojos de fuego:

—¿Qué te pasa y por qué te lamentas? ¡Ah!, eres el estudiante que quiere copiar mis manuscritos.

El estudiante se asustó mucho ante la voz estentórea, que era la misma que le dirigiera la palabra el día de la Ascensión. De asombro y miedo, no pudo articular palabra.

—Vamos a ver, Anselmo —continuó el archivero Lindhorst, que no era otro el hombre de la vestidura gris—. ¿Qué quiere usted del saúco y por qué no ha ido usted a mi casa a iniciar el trabajo?

Ciertamente, el estudiante Anselmo no se había vuelto a ocupar de ir a casa del archivero; pero ahora, vuelto en sí de su agradable sueño por la misma voz que en otra ocasión le robara a su amada, se sintió acometido de una especie de desesperación y comenzó a decir:

—Señor archivero, puede usted tomarme por loco o por lo que quiera, me es igual; pero aquí, bajo este saúco, contemplé por primera vez el día de la Ascensión a la serpiente dorada y verde... la amada de mi corazón, y me habló con voz de cristal, y usted..., señor archivero, la llamó gritando desde el agua.

—¿Cómo es eso, amigo mío? —interrumpió el archivero sonriendo, mientras tomaba un poco de rapé.

El estudiante Anselmo sintió que su corazón se libraba de un peso al poder explicar aquella aventura extraordinaria, y le pareció una gran idea el achacar al archivero la culpa de haberle interrumpido con su voz, que tronó a distancia. Se tranquilizó y comenzó su relato.

—Voy a contarle todo lo que me ocurrió el día de la Ascensión, y después puede decirme y hacer y, sobre todo, pensar lo que quiera de mí.

Le contó, punto por punto, todos los sucesos, desde el desgraciado tropezón con la cesta de manzanas hasta la huida por el agua de las tres serpientes doradas y verdes, y le dijo que la gente le había tomado por loco o por borracho.

—Todo lo que le he dicho —terminó el estudiante— lo he visto realmente, y en el fondo de mi corazón conservo el recuerdo de las adorables voces que me hablaron; no fue en modo alguno un sueño, y para no morirme de ansiedad y de amor tengo que creer en las serpientes doradas, a pesar de que en su risa, señor archivero, comprendo que usted también toma a las tales serpientes como una imagen de mi mente calenturienta.

—No lo crea usted —repuso el archivero con gran tranquilidad y calma—. Las serpientes doradas que usted, Anselmo, vio en el saúco, eran mis tres hijas, y está perfectamente claro que se enamoró usted de la más joven, que se llama Serpentina. Ya lo sabía yo desde el día de la Ascensión, y como estaba trabajando y me molestara el ruido y el estrépito, llamé a las locuelas para que se fueran a casa, pues el sol se había puesto y ya se habían divertido bastante cantando y tomando el sol.

Al estudiante Anselmo le pareció que le decían algo que esperaba hacía mucho tiempo, y que el saúco, las tapias y la hierba se movían en derredor suyo. Quiso decir algunas palabras, pero el archivero no le dejó hablar, sino que, quitándose un guante y mostrando a Anselmo la piedra de una sortija que brillaba con destellos de fuego, dijo:

—Mire aquí, querido Anselmo; seguramente se alegrará de lo que vea.

El estudiante miró la piedra, y, ¡oh maravilla!, esta se abrió como un gran foco, lanzando rayos en derredor, y los rayos se convirtieron en un espejo de cristal, en el que haciendo mil piruetas, ora huyendo unas de otras, ora entrelazándose, las tres serpientes saltaban y bailaban. Y cuando se tocaban, los cuerpos esbeltos entrechocaban, lanzando chispas brillantes, sonaban los acordes de campanillas de cristal, y la que estaba en medio alargaba la cabeza fuera del espejo y los ojos azul oscuro decían: «¿Me conoces?... ¿Crees en mí, Anselmo?... En la confianza está el amor... ¿Sabes amar?».

—¡Oh Serpentina, Serpentina! —exclamó el estudiante, loco de entusiasmo.

Pero el archivero Lindhorst echó el aliento en el espejo y con la rapidez del rayo desapareció el foco, y sólo quedó en su mano una pequeña esmeralda, sobre la que se puso el guante.

—¿Ha visto usted a las serpientes doradas, amigo Anselmo? —preguntó el archivero.

—¡Ah, sí —respondió el estudiante—, y a la adorable Serpentina!

—Bueno —continuó el archivero—, basta por hoy. Además, si está usted decidido a trabajar conmigo, podrá usted ver a mis hijas con frecuencia, es decir, le recompensaré a usted con este placer si trabaja bien; esto es, si copia con fidelidad y limpieza todos los signos. Pero usted no ha ido a mi casa, a pesar de que el registrador Heerbrand me aseguró que iría en seguida, y le he estado esperando inútilmente varios días.

En cuanto el archivero nombró a Heerbrand, le pareció a Anselmo que volvía a hallarse sobre el suelo y que en realidad era el estudiante que estaba delante del archivero Lindhorst. El tono indiferente en que hablaba este contrastando con las apariciones maravillosas que provocara, como verdadero nigromante, tenía algo de siniestro, aumentado aun por las miradas penetrantes que salían de las órbitas huecas de aquel rostro arrugado y huesudo, y el estudiante se sintió acometido de la misma sensación de inquietud que le acometiera en el café la noche en que oyó al archivero relatar aquellas aventuras extraordinarias. Con mucho trabajo logró rehacerse, y cuando el archivero le preguntó de nuevo: «¿Por qué no ha ido usted a casa?», se decidió a contarle todo lo que le había ocurrido el día en que estuvo llamando a su puerta.

—Querido Anselmo —dijo el archivero cuando el estudiante terminó su relato—, querido Anselmo: conozco perfectamente a la vendedora de manzanas de que usted cree hablar; es una criatura fatal que me juega toda clase de malas pasadas y que se ha convertido en bronce, en forma de llamador, para asustar a todas las visitas agradables, lo cual ya me va resultando insoportable. Si usted quiere, mañana, cuando vaya a casa y se le presente el rostro repugnante de la dichosa mujer, échele unas gotas de este licor en las mismas narices y en seguida desaparecerá. Y ahora, adiós, querido Anselmo, tengo algo de prisa; por eso no le quiero molestar diciéndole que me acompañe de vuelta a la ciudad. Adiós y hasta la vista; mañana a las doce.

El archivero entregó a Anselmo un frasquito con un líquido amarillo y salió corriendo tan de prisa, que en la oscuridad sobrevenida entretanto más bien parecía volar que andar. Al rato estaba junto al jardín de Kosel; entonces el viento abrió los dos lados del manto, de modo que flotaron en el aire un par de alas gigantescas, y el estudiante, que lleno de asombro miraba al archivero, creyó distinguir un gran pájaro preparándose a levantar el vuelo. Estaba Anselmo mirando a la oscuridad cuando se alzó con gran estrépito un milano blancuzco, y comprendió que el aleteo que él creía que procedía del archivero, debía de ser de aquel milano, aunque no se había dado cuenta de cómo había desaparecido el archivero. «Probablemente será el mismo archivero que vuela —dijo para sí Anselmo—, pues ahora advierto que todas las maravillas que he visto, suponiendo que pertenecían a un mundo extraño que yo tomaba por sueños, tienen vida verdadera y juegan conmigo...; pero, sean lo que quieran, tú vives y alientas en mi pecho, adorada Serpentina; sólo tú puedes calmar la ansiedad que me destroza el corazón... ¡Cuándo podré contemplar tus divinos ojos, querida mía!» Así suspiraba el estudiante Anselmo en alta voz. «¡Qué nombre más raro y más poco cristiano!», dijo una voz junto a él, que resultó ser la de un individuo que pasaba por allí. El estudiante se acordó a tiempo de dónde estaba y se apresuró a salir de aquellos contornos, pensando para sus adentros: «La verdad que sería una auténtica desgracia el que ahora me encontrase con el pasante Paulmann o con el registrador Heerbrand». Pero no se encontró a ninguno de los dos.

QUINTA VELADA

LA CONSEJERA.—«CICERO DE OFFICIIS».—MACACOS Y OTRAS ALIMAÑAS.—LA VIEJA ELISA.—EL EQUINOCCIO

—No es posible hacer carrera de Anselmo —decía el pasante Paulmann un día—; todos mis esfuerzos y mis esperanzas son infructuosos; no se quiere aplicar a nada, a pesar de que ha hecho estudios brillantes que son base suficiente para todo.

El registrador Heerbrand respondió, riendo sutil y misteriosamente:

—Déjele espacio y tiempo, mi buen amigo. Anselmo es un sujeto curioso y hay en él madera para muchas cosas; quiero decir que lo hemos de ver secretario de Estado o consejero.

—¿Consejero? —dijo el pasante Paulmann sin acabar casi de articular la palabra por el asombro.

—Poco a poco —continuó el registrador—. Yo sé lo que sé. Ya hace unos días que va a casa del archivero Lindhorst y trabaja en las copias, y este señor me ha dicho anoche en el café: «Me ha recomendado usted un hombre de mérito, que llegará a algo». Y si tiene usted en cuenta las relaciones del archivero..., ya veremos lo que pasa dentro de unos años.

Dichas estas palabras, el registrador se marchó con su risita misteriosa, dejando al pasante, lleno de curiosidad y de asombro, mudo en su silla.

Sobre Verónica la conversación hizo un gran efecto. «¿No he creído yo siempre —pensaba— que el estudiante Anselmo era un joven muy listo y agradable del que se puede esperar algo grande? ¡Si yo estuviera segura de si me gusta en realidad! Aquella noche del paseo por el Elba me apretó dos veces la mano; y luego, mientras cantábamos a dúo, me dirigió unas miradas extrañas que penetraban hasta el corazón. Sí, sí..., me gusta..., y yo...» Verónica se representó, como suelen hacerlo muchas jóvenes, los dulces sueños de un futuro agradable: era la señora del consejero; vivía en una casa espléndida en la calle principal, o en la plaza Nueva, o en la Moritzstrasse... Los sombreros de última moda y los chales turcos le sentaban de maravilla... Desayunaba en una elegante *negligé* en su gabinete, dando órdenes a la cocinera para el servicio del día: «Pero cuidado con echar a perder la terrina, que es el plato favorito del señor consejero». Los elegantes que pasaban, la miraban a hurtadillas, y a sus oídos llegaban palabras como estas: «¡Qué mujer más admirable es la consejera! ¡Qué bien le sienta la cofia de encaje!». La consejera X enviaba a su criado a preguntar si la señora consejera quería ir con ella a los baños de Linke. «Lo siento muchísimo, pero ya estoy comprometida para tomar el té con la presidenta T.» El consejero Anselmo volvía temprano de sus quehaceres; iba vestido a la última moda. «¡Ya las diez!», decía al oír el reloj de repetición, que daba la hora; y besando a su mujercita: «¿Qué tal te va, mujercita? Mira lo que te traigo». Y sacaba una cajita en la que guardaba un par de pendientes de un trabajo modernísimo, que ella se ponía en seguida en lugar de los que llevaba, ya usados.

—¡Qué lindos pendientes! —exclamó Verónica en alta voz y levantándose de un salto de la silla en que estaba cosiendo, dejando caer la labor, para colocarse ante el espejo, como si realmente tuviese puestos los pendientes.

—¿Qué es eso? —preguntó su padre, a quien, absorto en la obra *Cicero de officiis,* por poco se le cae el libro de las manos—. ¿Tenemos también ataques como Anselmo?

En aquel momento entró en la habitación el estudiante, que, contra su costumbre, hacía varios días que no aparecía por allí, con gran asombro de Verónica y no menos susto por el cambio que se operaba en él. Con gran aplomo, cosa no habitual en él, habló de la nueva tendencia de su vida, del brillante porvenir que se le abría y que muchos ni siquiera podían presumir.

El pasante Paulmann, recordando las palabras del registrador, se sintió aún más confuso, y apenas si pudo articular una sílaba cuando el estudiante, después de decir que tenía mucho trabajo y muy urgente en casa del archivero y de besar la mano de Verónica de una manera muy elegante, salió de allí. «Así sería el consejero —pensó Verónica—; y me ha besado la mano sin resbalar ni pisarme, como suele hacerlo. Me ha dirigido una mirada tan dulce... Decididamente, me gusta.»

Verónica se ensimismó de nuevo en sus sueños, en los que siempre creía ver una figura enemiga mezclada con las apariciones agradables que le hacían imaginarse ya consejera y en su casa. La figura reía burlona y decía: «Todo lo que piensas es una tontería y un puro engaño, pues Anselmo no será nunca consejero ni tu marido; no te ama, a pesar de tus ojos azules, de que eres esbelta y tienes las manos bonitas». Sintió Verónica como si le echaran un jarro de agua helada, y el terror sustituyó a la satisfacción con que pensara en la cofia de encaje y en los pendientes. Las lágrimas asomaron a sus ojos, y en alta voz dijo:

—Es verdad, no me quiere, y nunca seré consejera.

—Romanticismo, romanticismo —exclamó el pasante Paulmann.

Y cogiendo el bastón y el sombrero, se marchó de allí.

—Lo que me faltaba —suspiró Verónica, enfadándose con su hermanilla de doce años, que, indiferente, estaba sentada delante de su bastidor bordando.

Eran casi las tres y tiempo ya de arreglar la habitación y de preparar el café, pues las señoritas de Oster habían anunciado su visita. Detrás de cada armario que Verónica movía, detrás de los libros de cubierta roja que estaban sobre el piano, detrás de todas las tazas, detrás de la cafetera que tomara del armario, se le aparecía la misma figura, como un duende, riéndose burlonamente, castañeteando los dientes y gritando: «¡No será tu marido, no será tu marido!».

Y después, cuando todo estuvo en su sitio y Verónica en medio del cuarto, la vio aparecer con unas narices muy largas detrás de la estufa y repitiendo la frasecilla: «¡No será tu marido!».

—¿No oyes nada, no ves nada, hermana? —exclamó Verónica, que no se atrevía a moverse, temblando de miedo.

Francisca se levantó muy tranquila de su bastidor y dijo:

—¿Qué te pasa hoy, hermana? Todo lo revuelves y estás haciendo un ruido atroz; voy a ayudarte.

En seguida entraron las amigas, muy alegres, y en el mismo momento comprendió Verónica que había tomado la tapa de la estufa por una figura y el chirrido de la puerta mal cerrada por las palabras odiosas. Descompuesta por el miedo, no se pudo rehacer tan pronto como para que sus amigas no notasen su tensión y la palidez de su rostro descompuesto. Cuando hubieron mencionado todas las cosas alegres que tenían que contar, insistieron para que su amiga les dijera qué le pasaba, y Verónica no tuvo más remedio que confesar que se sentía acometida por ideas extrañas y que en pleno día la invadía un terror a los espectros que no lograba dominar. Les contó cómo veía en todos los rincones la figura de un hombrecillo que se burlaba de ella, hasta que las señoritas de Oster, inquietas, empezaron a mirar a todas partes, y a sentirse incómodas.

Entró Francisca con el café humeante, y las tres se rieron de las tonterías que habían hablado. Angélica, así se llamaba la mayor de las Oster, era novia de un oficial que estaba en la guerra y del cual no había tenido noticias hacía mucho tiempo; tanto, que habían llegado a temer que le hubieran matado o, por lo menos, herido gravemente. Esta idea había preocupado hondamente a Angélica, pero hoy estaba muy tranquila; Verónica se extrañó mucho, y así se lo manifestó.

—Querida mía —dijo Angélica—, ¿crees tú que no quiero a mi Víctor y que no tengo siempre presente su imagen? Por eso, precisamente, estoy tan contenta y me siento tan feliz, pues mi Víctor está bueno y sano y pronto le veré de capitán de Caballería, adornado con las cruces ganadas por su valor. Una herida, no muy grave, en el brazo derecho, causada por un sablazo de un húsar enemigo, le impide escribir, y el continuo cambio de residencia de su regimiento, que no quiere abandonar, le hace imposible darme noticias suyas; pero hoy por la noche recibirá la orden de ponerse en tratamiento. Mañana emprenderá el camino hacia aquí, y cuando vaya a subir al coche tendrá noticia de su nombramiento de capitán.

—Pero, querida Angélica —dijo Verónica—, lo sabes todo.

—No te rías de mí, amiga mía —repuso Angélica—, porque si te ríes, el hombrecillo te hará guiños desde detrás del espejo. Yo no puedo librarme de creer en ciertas cosas ocultas, que algunas veces han sido para mí más que visibles, y creo positivamente que hay personas que poseen un don de vista especial que les permite poner en movimiento medios infalibles para averiguar todas las cosas. En esta ciudad hay una anciana que posee este don en alto rango. No echa las cartas como otras, ni profetiza con plomo derretido ni con flores de café, sino que hace ciertos preparados a los que dirige sus preguntas, tomando parte la persona interesada, y en un espejo pulimentado aparece una colección de figuras que la mujer va nombrando y que le responden a todas las preguntas que les dirige. Ayer tarde estuve en su casa y me dio las noticias que acabáis de oír sobre mi Víctor, de las cuales no dudo ni un momento.

El relato de Angélica produjo impresión en el ánimo de Verónica, que pensó en seguida ir a consultar a la vieja sobre Anselmo y sus esperanzas. Supo que la buena mujer se llamaba la señora Rauerin y que habitaba en una calle apartada en la Seethor [10]; que se la podía ver los martes, miércoles y viernes desde las siete de la tarde, y además toda la noche, hasta el amanecer, y que recibía con más gusto a los clientes si iban solos. Era miércoles, y Verónica decidió ir a acompañar a las de Oster y después a buscar a la vieja. En cuanto se separó de sus amigas, que vivían en la ciudad nueva, en el puente del Elba, se dirigió volando a la Seethor, y a poco entraba en la calle indicada, a cuyo extremo vio una casita, en la que vivía la señora Rauerin. No pudo dominar cierta emoción al verse delante de la puerta. Se repuso al fin, a pesar de la inquietud que sentía, y llamó a la campanilla, la puerta se abrió y Verónica entró en un corredor oscuro que conducía a la escalera, que la llevó al piso superior, como le indicara Angélica.

—¿Vive aquí la señora Rauerin? —preguntó en el umbral de la puerta, sin ver a nadie.

En vez de respuesta sonó un prolongado maullido, y ante su vista se presentó un gatazo negro con el lomo erizado y la cola oscilante en alto, el cual la guió hasta la puerta de un aposento, que se abrió a otro estentóreo maullido.

---

[10] En la ciudad vieja, no lejos del mercado antiguo.

—Hijita, ¿estás aquí ya? Entra..., entra.

Así habló una figura que se adelantaba, ante cuyo aspecto Verónica quedó como clavada en el suelo. Era una mujer flaca, envuelta en andrajos negros; al hablar movía la barbilla puntiaguda, abría una enorme boca sin dientes, a la que daba sombra una nariz parecida al pico de un ave de rapiña, y sonreía de un modo horrible, lanzando chispas de sus ojos de gato, cubiertos por unas grandes gafas. Llevaba un pañuelo de colorines a la cabeza, del que salían mechones de cabellos negros enmarañados, y para hacer aún más espantoso su aspecto, tenía dos grandes quemaduras en la mejilla izquierda que le llegaban hasta la nariz.

Verónica se quedó sin respiración y quiso lanzar un grito, que se convirtió en un profundo suspiro, cuando la bruja la cogió con su mano sarmentosa para conducirla a un aposento interior. Allí todo era ruido y confusión: se oían maullidos, chirridos, pitidos y gritos agudos. La vieja dio un puñetazo en la mesa y dijo:

—Quietos, canalla.

Los macacos treparon a lo alto del dosel de la cama, las ratas de Indias se escondieron detrás de la estufa, los cuervos revolotearon alrededor del espejo; sólo el gato negro, como si con él no fuera la cosa, permaneció tranquilo en una butaca, a la que saltara al entrar. Cuando todo quedó en silencio, Verónica cobró ánimos y no se sintió tan asustada como en el corredor; hasta la misma vieja le pareció menos repulsiva y tuvo valor para mirar lo que había en el aposento. Del techo colgaba toda clase de animales disecados; en el suelo se veían infinidad de cacharros raros y desconocidos para ella, y en la chimenea ardía un fuego azulado y mortecino, que, de cuando en cuando, producía alguna chispa y retrocedía, haciendo que los asquerosos murciélagos que revoloteaban por el techo lanzasen gemidos casi humanos, que hicieron estremecerse a Verónica.

—Con permiso, señorita —dijo la vieja sonriendo; cogió un gran mosquero, y metiéndolo en una caldera, lo sacudió sobre la chimenea.

El fuego se apagó, y, lleno el aposento de humo negro, se quedó completamente a oscuras; la vieja sacó de una camareta una luz encendida y Verónica no vio más los bichos ni los cacharros, quedándose la habitación como cualquier otra. La vieja se acercó a ella y le dijo con voz estridente:

—Ya sé a lo que vienes, hija mía: quieres saber si te casarás con el estudiante Anselmo y si él llegará a ser consejero.

Verónica se quedó paralizada de asombro y terror, y la vieja continuó:

—Ya me lo has dicho todo en tu casa, con tu papá, cuando estaba delante de ti la cafetera; yo era precisamente la cafetera. ¿No me has conocido? Hijita, escucha: más vale que no pienses en Anselmo; es un villano, que ha pisoteado a mis hijas, a mis queridas hijitas las manzanitas coloradas, que cuando la gente las hubiera comprado habrían vuelto de nuevo a mi cesto. Y se entiende con el viejo, y anteayer me ha echado en la cara el *auripigmento,* con el cual por poco me deja ciega. Mira las quemaduras, hijita; no pienses en él, déjalo... No te ama porque está enamorado de la serpiente dorada; no llegará a consejero porque se dedica a cuidar las salamandras y quiere casarse con la serpiente. No te ocupes de él, no te ocupes de él.

Verónica, que había recobrado su presencia de ánimo y vencido su miedo, dio un paso atrás y dijo en tono decidido:

—Anciana: he oído hablar de tu habilidad para predecir el porvenir y quería que me dijeras, quizá pasándome de curiosa y de impaciente, si el estudiante Anselmo, a quien quiero bien, llegaría a ser mío. Si en vez de cumplir mi deseo quieres aturdirme con tus tonterías, haces muy mal, pues yo sólo quiero saber lo que te he dicho. Si, como parece, conoces mis pensamientos íntimos, te será mucho más fácil iluminarme y aclarar mis dudas; pero no me digas más tonterías acerca de Anselmo porque no quiero escucharte. Buenas noches.

Verónica se disponía a salir, cuando la vieja cayó de rodillas ante ella, y exclamó, gimiendo y agarrándose al vestido de la joven:

—Verónica, ¿no conoces ya a la vieja Elisa, que tantas veces te ha tenido en sus brazos y te ha cuidado y te ha acariciado?

Verónica no daba crédito a sus ojos, pues había reconocido a su antigua criada, cambiada ahora por los años —sobre todo por las quemaduras—, y que desapareciera años atrás de casa del pasante. La vieja parecía otra en aquella época, pues llevaba, en vez del pañuelo de colorines, una cofia bonita, y en lugar de los harapos negros un traje de flores, con lo que resultaba muy bien vestida. Se levantó del suelo y continuó diciendo, al tiempo que cogía en sus brazos a Verónica:

—Aunque todo lo que te he dicho te parezca una tontería, desgraciadamente es cierto. Anselmo me ha hecho mucho daño, aunque en contra de su voluntad; ha caído en manos del archivero Lindhorst, que quiere casarle con su hija. El archivero es mi mayor enemigo, y si te contara sus cosas no las comprenderías o te horrorizarías demasiado. Es un adivino y hechicero; pero yo soy una hechicera también... Ya veo que quieres mucho al estudiante, y voy a procurar por todos los medios que seas feliz y que llegues a casarte con él, como deseas.

—Pero, ¡por Dios, Elisa, dime...! —continuó Verónica.

—Calla, niña, calla —le interrumpió la vieja—; sé lo que vas a decir; he llegado a ser lo que soy porque así tenía que ser y no podía librarme de ello. Vamos, pues... Yo conozco el medio para que Anselmo se cure de su loco amor por la serpiente dorada y verde y vaya a caer en tus brazos convertido en consejero; pero has de ayudarme tú.

—Dime lo que he de hacer, Elisa, que te obedeceré ciegamente, pues amo a Anselmo con toda mi alma —repuso Verónica casi a media voz.

—Sé —dijo la vieja— que eres muy valiente; nunca conseguía dormirte con el coco, pues en cuanto te lo decía abrías los ojos para verlo; ibas sin luz a los últimos rincones de la casa y metías miedo a los chicos de la vecindad poniéndote la bata de tu padre. Si quieres vencer al archivero Lindhorst valiéndote de mis artes, si tienes empeño en que Anselmo llegue a ser consejero y a casarse contigo, sal de tu casa, sin ser vista, la noche del equinoccio, a las once, y ven a buscarme; yo iré contigo a la encrucijada de los caminos que atraviesan el campo no lejos de aquí; llevaremos lo necesario, y no te choque nada de lo que veas por extraordinario que te parezca. Y ahora, hijita mía, buenas noches; papá te estará esperando con la sopa en la mesa.

Verónica salió corriendo, con la decisión firme de no faltar la noche del equinoccio, pues pensaba que Elisa tenía razón y que Anselmo había caído en manos de un hechicero; pero estaba segura de que le libraría y que podría llamar suyo para siempre al consejero Anselmo.

SEXTA VELADA

EL JARDÍN DEL ARCHIVERO LINDHORST CON SUS PÁJAROS.—
EL PUCHERO DE ORO.—LA LETRA INGLESA CURSIVA.—PATAS DE
MOSCA INSULTANTES.—EL PRÍNCIPE DE LAS TINIEBLAS

«También puede ser —decía para sí el estudiante Anselmo— que el licor estomacal que tomé con tanta avidez en casa de Conradi fuese la causa de todas las fantasías que me acometieron a la puerta de la casa del archivero. Hoy no voy a tomar nada y veremos lo que me ocurre.»

Lo mismo que el primer día, se metió en el bolsillo los dibujos y los trabajos caligráficos, la tinta china, las plumas de ave bien afiladas, y cuando se disponía a salir en dirección a la casa del archivero Lindhorst vio el frasquito con el líquido que le diera el mismo personaje. Todas las aventuras extraordinarias que le habían ocurrido volvieron a representársele con vivos colores, y se sintió acometido de una sensación mezclada de alegría y dolor. Sin poderlo remediar, comenzó a decir en alta voz: «¡Ah! ¿No voy a casa del archivero sólo para verte, adorada Serpentina?». Se imaginó que Serpentina sería el premio de un trabajo grande y peligroso que había de emprender, y que este trabajo no era otro que las copias de los manuscritos del archivero Lindhorst. Estaba convencido de que en la puerta le ocurrirían otra vez las mismas cosas extrañas que el día anterior. No pensó más en la bebida de Conradi, sino que se metió en el bolsillo el frasquito, con intención de seguir al pie de la letra las instrucciones del archivero si la vieja vendedora de manzanas comenzaba de nuevo a hacerle gestos. En efecto, cuando al sonar las doce quiso coger el llamador, las narices afiladas le amenazaron y le miraron los brillantes ojos de gato; pero él cogió el frasquito que llevaba en el bolsillo, y sin pensarlo más arrojó su contenido sobre la cara burlona, que se alisó y suavizó al instante, volviendo a su estado de llamador corriente. La puerta se abrió; la campanilla resonó alegremente en toda la casa: tilín, tilín, tilín. Subió la hermosa y amplia escalera y aspiró con delicia el olor raro del humo que inundaba la casa. Indeciso, se quedó parado en el recibidor, sin saber a cuál de las puertas dirigirse, cuando apareció el archivero envuelto en un batín de damasco y dijo:

—Cuánto me alegro, Anselmo, de que al fin haya usted cumplido su palabra; sígame usted, que le voy a llevar al cuarto de trabajo.

Echó a andar por el amplio recibidor y abrió una puertecilla lateral que daba a un pasillo. Anselmo entró en él tras el archivero; llegaron a una sala, o más bien a un invernadero, que desde abajo hasta arriba estaba lleno de las plantas más raras y de grandes árboles con hojas y flores de formas extrañas. Una luz mágica lo iluminaba todo, sin que se supiera de dónde salía, pues no había ventana alguna. Cuando el estudiante Anselmo estuvo entre las plantas y los árboles le pareció que los paseos se extendían a gran distancia. Entre los oscuros cipreses distinguió estanques de mármol, de los que salían figuras fantásticas haciendo brotar rayos de cristal que al caer se estrellaban con los cálices de los lirios; en el bosque, inundado de aromas embriagadores, se escuchaban voces extrañas. El archivero había desaparecido y Anselmo vio delante de sí un arbusto gigantesco de azucenas rojas, cuyo aroma mezclado con los otros, unido a la contemplación de todas aquellas maravillas, le dejó como extasiado. De pronto comenzó a oír risas sofocadas y vocecillas que, burlonas, decían: «Señor estudiante, señor estudiante: ¿De dónde viene usted? ¿Por qué se ha puesto tan majo, señor Anselmo? ¿Quiere usted charlar con nosotros de cómo la abuela aplastó un huevo con la espalda y el gentilhombre se echó una mancha de tinta en el traje de los domingos? ¿Se sabe usted ya de memoria el aria nueva compuesta por el papá Starmartz? Está usted muy postinero con su peluca de cristal [11] y las botas altas de papel de cartas». De todos los rincones salían las mismas palabras burlonas aturdiendo al estudiante, que de pronto se dio cuenta de que estaba rodeado de toda clase de pájaros que se reían de él sin compasión. En el mismo momento vio avanzar el arbusto de las azucenas rojas, que resultó ser el archivero Lindhorst, al que había confundido a causa de su batín de flores encarnadas y amarillas.

—Perdóneme, Anselmo —dijo el archivero—, que le haya dejado solo; pero es que al pasar me he fijado en el cacto, que esta noche va a abrir sus flores... ¿Le gusta a usted mi jardín?

—Es realmente precioso, querido señor archivero —respondió el estudiante—; pero los lindos pájaros se han burlado no poco de mi pequeñez.

—¿Qué significa esto? —exclamó el archivero indignado, dirigiéndose a la espesura.

Entonces salió un gran papagayo gris y, colocándose en una rama de mirto junto al archivero y mirándole muy serio a través de unos lentes que tenía colocados en el pico, dijo con voz ronca:

—No lo tome a mal, señor archivero; mis chicos han sido un poco locos y desvergonzados; pero el señor estudiante ha tenido parte de culpa, pues...

---

[11] Antiguamente se fabricaban pelucas con pelos finísimos de cristal.

—¡A callar, a callar! —le interrumpió el archivero—. Conozco a los sinvergüenzas; pero los debes tener mejor acostumbrados, amigo mío... Vamos adelante, Anselmo.

El archivero le condujo a través de una serie de aposentos decorados de un modo extraño, sin que el estudiante pudiese, por la prisa con que los atravesaban, hacerse más que una ligera idea de sus muebles y adornos. Al fin llegaron a una habitación grande, en la cual el archivero se quedó parado con la vista en el techo, y Anselmo tuvo tiempo de contemplar el aspecto de aquel salón, sencillamente adornado. De las paredes, azul cielo, salían los troncos de unas palmeras de bronce, cuyas hojas, brillantes como esmeraldas, formaban bóvedas en el techo; en medio del aposento, sobre tres leones egipcios de bronce, descansaba una plancha de pórfido, en la que se veía un sencillo puchero de oro, del cual Anselmo no lograba apartar la vista. Le parecía que en su superficie pulida se reflejaban toda clase de figuras...: hasta llegó a verse a sí mismo, con los brazos abiertos, junto al saúco. Serpentina se deslizaba de un lado para otro, mirándole con sus divinos ojos. Anselmo se sintió fuera de sí, entusiasmado.

—¡Serpentina! ¡Serpentina! —exclamó en alta voz.

El archivero Lindhorst se volvió hacia él y dijo:

—¿Qué le ocurre a usted, querido Anselmo? Me ha parecido oír que llamaba usted a mi hija, que precisamente está al otro extremo de la casa dando su lección de piano. Venga usted conmigo.

Anselmo siguió al archivero casi sin saber lo que hacía, y no oyó ni vio más hasta que se sintió cogido de la mano por el dueño de la casa, que le dijo:

—Ya estamos en el sitio preciso.

El estudiante despertó como de un sueño, y vio que estaba en una habitación rodeada de estantes de libros, que no era ni más ni menos que cualquier biblioteca corriente.

En el centro había una gran mesa de trabajo, y delante de ella un sillón tapizado.

—Este será en lo sucesivo su cuarto de trabajo —le dijo el archivero—. No sé si luego trabajará usted en la biblioteca azul, donde tan de repente se ha puesto a nombrar a mi hija...; pero ahora quiero ver sus habilidades y si es usted capaz de darme gusto en la obra que va a emprender.

El estudiante se alegró mucho y, con cierta suficiencia, sacó sus dibujos y sus trabajos caligráficos en la convicción de que el archivero habría de quedar satisfecho de sus talentos. Apenas el buen señor cogió la primera hoja, una muestra de elegante letra inglesa, comenzó a sonreír de un modo especial y a mover la cabeza a un lado y otro. Lo mismo ocurrió con la hoja siguiente; tanto, que al estudiante se le subió la sangre a la cabeza, y cuando la risa del otro se hizo francamente burlona, le dijo de mala manera:

—El señor archivero no parece muy satisfecho con mis talentos.

—Querido Anselmo —respondió el archivero Lindhorst—: tiene usted condiciones para el arte de la pluma, pero veo que he de contar más con su aplicación y su buena voluntad que con su experiencia. Quizá se deba a los malos materiales de que se ha servido.

El estudiante habló de su arte en la caligrafía y de su habilidad manejando la pluma de ave y la tinta china. El archivero le alargó la hoja de letra inglesa diciéndole:

—Juzgue por sí mismo.

Anselmo quedó como herido por el rayo cuando vio su manuscrito en aquel estado tan lastimoso: no había nin-

gún perfil ni ningún grueso en los rasgos; las letras ma-
yúsculas no se distinguían de las minúsculas, y una multitud de patas de mosca estropeaban las líneas.

—Y además —le dijo el archivero— la tinta tampoco
es buena.

Mojó un dedo en un vaso de agua y lo pasó por encima
de las letras, que desaparecieron por completo. Al estudiante Anselmo le parecía que un monstruo le estaba
apretando la garganta..., no pudo articular palabra. Se
quedó de pie con la malhadada hoja en la mano; pero el
archivero, sonriendo, le dijo:

—No se preocupe por eso, querido Anselmo; lo que no
ha hecho hasta aquí, quizá lo haga ahora, puesto que dis-
pondrá de mejores materiales que los que ha empleado
antes. Empiece su trabajo con confianza.

El archivero sacó una masa líquida, negruzca, que di-
fundió un olor especial; unas plumas de color raro muy
afiladas y una hoja de una clase y un brillo particulares;
después extendió ante la vista del estudiante un manuscrito árabe que estaba encerrado en un armario y, en
cuanto Anselmo se puso a trabajar, salió de la habitación.

Ya había el estudiante copiado algunos manuscritos árabes, así es que la primera parte del trabajo no le pareció difícil de descifrar: «Dios sabe, y el archivero también, cómo
han ido a parar las patas de mosca a mis muestras de letra
inglesa —se dijo a sí mismo—, porque estoy tan seguro de
que no son de mi mano como de que me he de morir».

Con las palabras que veía bien escritas en el pergamino
se animó y aumentó su destreza. Realmente escribía con
gran facilidad, y la tinta misteriosa cubría la hoja blanca
del pergamino con los rasgos, negros como el ala del
cuervo. Mientras trabajaba diligente y atento, el cuarto
solitario en que se hallaba le parecía cada vez más recón-

dito; y cuando más ensimismado se encontraba en la obra, que creía poder acabar felizmente, sonaron las tres, y se presentó el archivero llamándole para que se sentara con él a la mesa en una habitación contigua.

Mientras comían, el archivero Lindhorst se mostró de muy buen humor; preguntó a Anselmo por sus amigos el pasante Paulmann y el registrador Heerbrand, y le contó cosas graciosas del último. El vino viejo del Rin agradó mucho a Anselmo y le hizo más locuaz de lo que era corriente en él. Al dar las cuatro se levantó para reanudar su trabajo, y esta puntualidad agradó sobremanera al archivero. Si antes de comer, la copia del manuscrito árabe le había sido fácil, ahora lo hacía con tanta soltura y ligereza que casi le parecía imposible cómo comprendía y trazaba los signos extraños. Creía oír en lo profundo de su ser una voz que le decía: «¡Ah! ¿Podrías hacer lo que haces si no fuera porque la llevas en el pensamiento y en el corazón y porque crees en su amor?». Luego creyó escuchar un ligero rumor de campanillas de cristal, que resonaban por todo el cuarto y en el que distinguía estas palabras: «Estoy a tu lado, cerca..., muy cerca...; yo te ayudo..., ten ánimo...; sé constante, querido Anselmo...; yo hago cuanto puedo para que seas mío». Y al tiempo que se sentía encantado con aquellas palabras, los signos desconocidos le eran más familiares —casi no necesitaba mirar el original—, como si ya estuvieran escritos en el pergamino y sólo tuviera que pasar la pluma por encima. Así estuvo trabajando, animado con los sonidos agradables y como envuelto en un hálito dulcísimo, hasta que el reloj dio las seis y el archivero Lindhorst entró en el cuarto. Se acercó a la mesa sonriendo de un modo raro; Anselmo se puso de pie sin decir nada; el archivero dirigió la vista a las hojas sin abandonar su risita irónica; pero en cuanto vio lo escrito, esta se convirtió en una mueca de seriedad que le contrajo todos los músculos de la cara. No parecía el mismo. Los ojos, que siempre brillaban con destellos de fuego, miraron a Anselmo con una dulzura indescriptible. Un ligero rubor se extendió por las pálidas mejillas, y en vez de la ironía que solía apretar su boca, los labios se abrieron para pronunciar palabras amables. Toda la figura adquirió mayor tamaño, más distinción; el amplio batín le caía como un manto real, plegándose majestuosamente en el pecho y en los hombros, y en los blancos rizos que caían sobre su noble frente se entrelazaba una diadema de oro.

—Joven —comenzó a decir el archivero en tono grave—, joven: antes de lo que tú supones he sabido yo los lazos secretos que te unen a lo que yo más quiero... Serpentina te ama, y un destino fatal, cuyos hilos manejan fuerzas enemigas, ha de cumplirse antes de que sea tuya y recibas el puchero de oro, que es su patrimonio. En la lucha has de encontrar el premio. Ante ti se amontonarán los enemigos, y sólo la fuerza interna con que resistas las tribulaciones puede librarte de sucumbir. El tiempo que trabajes aquí será tu aprendizaje; si con firmeza perseveras en la obra que vas a comenzar, la fe y la ciencia te han de conducir a tu objeto. Sé fiel en tu cariño a la que te ama y lograrás llegar a contemplar las maravillas del puchero de oro y a ser feliz para siempre. Adiós, el archivero Lindhorst te espera mañana en el despacho... Adiós.

El archivero condujo a Anselmo tranquilamente hasta la puerta, que se cerró tras de sí, encontrándose en la habitación en que habían comido y cuya única puerta daba al vestíbulo.

Atontado por las maravillosas apariciones, el estudiante permaneció parado a la puerta de la casa; sintió que se abría una ventana, y al mirar para arriba vio al archivero Lindhorst con su vestidura gris, como lo viera en otra ocasión, que le gritaba:

—Querido Anselmo: ¿por qué está usted tan pensativo? ¿Es que aún tiene en la cabeza los signos árabes? Salude al pasante Paulmann si va usted por su casa, y vuelva mañana a las doce en punto. Los honorarios de hoy los encontrará en el bolsillo derecho de su casaca.

El estudiante encontró, efectivamente, el ducado en el bolsillo dicho, de lo cual no se alegró mucho. «Yo no sé lo que resultará de todo esto —se dijo a sí mismo—; si todo lo que veo son fantasmas y quimeras, lo cierto es que en el fondo de mi alma vive y alienta Serpentina, y antes de abandonarla prefiero la muerte, pues estoy seguro de que eternamente he de pensar en ella y no han de borrar su imagen todos los enemigos del mundo, porque su amor es mío.»

SÉPTIMA VELADA

DE CÓMO EL PASANTE PAULMANN SACUDIÓ LA PIPA Y SE FUE A LA CAMA.—REMBRANDT Y BRUEGHEL [12].—EL ESPEJO ENCANTADO Y LA RECETA DEL DOCTOR ECKSTEIN CONTRA UNA ENFERMEDAD DESCONOCIDA

Finalmente, el pasante Paulmann sacudió la pipa, diciendo:

—Ya es hora de irse a descansar.

—Es verdad —respondió Verónica, a la que tenía un poco inquieta la larga permanencia del padre en la sala, pues ya daban las diez.

---

[12] Pintores flamencos los dos: Rembrandt Harmenszoon van Rijn (1606-1669) y Pieter Brueghel (1564-1638), llamado «Brueghel del Infierno» por las escenas que pintara.

Apenas estuvo el pasante en su cuarto y Francisca dio señales de estar dormida, Verónica, que se había metido en la cama para despistar, se levantó con sigilo, se vistió, se envolvió en una capa y salió de la casa.

Desde el momento en que Verónica dejó a la vieja Elisa, no hizo más que pensar en Anselmo; le parecía que una voz interior le repetía que su alejamiento dependía de una persona enemiga de ella que lo tenía sujeto y cuya fuerza Verónica podría destruir por medios ocultos. Su confianza en la vieja Elisa era mayor cada día, y la impresión de terror y de espanto se desvanecía cada vez más; todo lo extraño de sus relaciones con la vieja le hacía ahora el efecto de algo que sólo estaba fuera de lo vulgar, con mucho de romántico, y, por tanto, le atraía con más fuerza. Por esta razón, se decidió desde luego, aun a cambio de correr algún peligro, a ir al encuentro de la vieja en la noche del equinoccio y correr la aventura, venciendo toda clase de dificultades que pudieran surgir. Por fin, llegó la noche fatal en que la vieja había de proporcionar a Verónica los medios para calmar sus ansias; la muchacha esperaba impaciente que se acercase la hora de acudir a la cita, y se alegró mucho cuando logró escapar de su casa. Como una flecha corrió por las calles solitarias, sin parar mientes en la tormenta que se cernía en el espacio ni en las gotas de agua que le mojaban la cara. Con sonido tenebroso dio el reloj las once en el momento en que Verónica, completamente mojada, llamaba a la puerta de la vieja.

—¡Queridita..., queridita!... ¿Ya estás aquí? ¡Espera..., espera! —gritó desde arriba, y a poco apareció en la calle con un cesto bien repleto y acompañada del gato—. Vamos, y haremos todo lo que sea útil y necesario en esta noche que ha de coronar de éxito nuestros trabajos.

Así hablando, tomó de la mano a Verónica, a la que hizo cargar con el cesto, mientras ella cogía una caldera, unas trébedes y una pala. Cuando llegaron al campo ya no llovía; pero la tormenta era más fuerte y sonaba en el aire con ruido espantoso. Un lamento terrible salía de las nubes, que se agrupaban, sumiendo todo en la más absoluta oscuridad. La vieja andaba de prisa y exclamaba con voz estridente:

—¡Brilla..., brilla, hijo mío!

Entonces los relámpagos lucían y se entrecruzaban, y Verónica vio cómo el gato saltaba delante de ellas lanzando chispas, y oyó su maullido agudo en un momento en que la tormenta amainó. La respiración le faltaba; le parecía que unas garras de fuego le oprimían la garganta; pero logró rehacerse y, agarrándose a la vieja, exclamó:

—Ahora haremos todo lo que sea preciso, y ocurra lo que ocurra.

—Muy bien, hija mía —repuso la vieja—; sé constante, y al fin lograrás algo bueno y conseguirás el amor de Anselmo.

Luego se calló, y al cabo de un rato dijo:

—Ya estamos en el lugar preciso.

Abrió un agujero en el suelo, lo llenó de carbón, colocó encima las trébedes y en ellas la caldera. Todo ello acompañado de gestos extraños y con el gato dando vueltas a su alrededor con la cola erizada, de la que salía un círculo de chispas de fuego. Al momento los carbones comenzaron a arder y no tardaron en salir las llamas azuladas por debajo de las trébedes. Verónica tuvo que quitarse el velo y la capa para agacharse junto a la vieja, que le cogió las manos, apretándoselas fuertemente y mirándola a los ojos sin pestañear. Las cosas raras que la vieja echara en la caldera —flores, metales, hierbas, animales, no se sabía distinguir bien— comenzaron a derretirse y a hervir. La vieja soltó la mano de Verónica y cogió una cuchara de hierro, con la que meneó la masa extraña, mientras la joven, por orden suya, fijaba su mirada en la caldera pensando en Anselmo. Luego echó más metales en la caldera, junto con un rizo de Verónica y un anillo que llevaba puesto hacía mucho tiempo, lanzando gritos, que sonaban de un modo lúgubre en el silencio de la noche, mientras el gato maullaba y corría sin cesar de un lado para otro.

Quisiera, caro lector, que hubieses estado de viaje hacia Dresde el día 23 de septiembre; en vano tratarías de arrancar de la última parada si la noche se había echado encima; el hostelero te dice que llueve mucho y que amenaza tormenta, y, sobre todo, que es peligroso viajar en la noche equinoccial. Si no le haces caso y dices: «Bueno, yo daré un duro de propina al postillón si me lleva a Dresde antes de la una, pues me espera una buena comida y una mullida cama en el Goldnen Engel o en Helm», quizá le decidas a ponerse en camino.

Marchando a través de la oscuridad, ves de repente, a lo lejos, unas luces extrañas. Te acercas, y distingues un círculo de fuego y en medio una caldera de la que sale un humo espeso, y chispas y rayos rojos, y junto a ella dos figuras humanas. El camino pasa precisamente por donde está la hoguera; pero los caballos se espantan y se encabritan... El postillón jura y reza... y fustiga a los caballos, que no se mueven. Sin poderlo remediar, saltas del coche y adelantas unos pasos. Entonces distingues con claridad a la esbelta joven, que en traje de noche, blanco, se arrodilla junto a la caldera. La tormenta ha destrenzado su cabello, que flota al viento en desorden.

Completamente iluminado por el fuego cegador, que sale de debajo de las trébedes, aparece el rostro angelical pálido de terror, que todo lo hiela; en la mirada sin expresión, en las cejas arqueadas, en la boca abierta, como queriendo lanzar un grito de muerte, que, sin embargo, no logra arrancar de su pecho, invadido de indecible tortura, se pinta el terror, el espanto; las manitas, cruzadas, se dirigen hacia el cielo, como implorando al Ángel de la Guarda para que la proteja contra los monstruos del infierno, que, obedeciendo a un conjuro poderoso, han de presentarse en seguida.

Allí está, inmóvil como una estatua de mármol. Frente a ella, acurrucada en el suelo, una mujer larga y seca, de color de cobre, con narices de ave de rapiña y brillantes ojos de gato. De debajo del manto negro que la envuelve salen los brazos sarmentosos que menean el cocimiento infernal, y riendo grita a la joven con voz chillona, que sobresale del ruido de la tormenta.

Yo creo, querido lector, que, aunque no conozcas el miedo, no podrías por menos de sentir erizársete el cabello ante la contemplación de un cuadro vivo digno del pincel de Rembrandt o del de Brueghel. Tu mirada no lograría apartarse de la infeliz joven presa en las redes infernales, y la conmoción eléctrica que sentirías en todos tus miembros y nervios te inspiraría la idea de desafiar el círculo de fuego; con ella desaparecerían tu miedo y tu terror, que puede decirse serían los productores de tan arriesgado pensamiento. Te parecería que eras el ángel protector de alguna joven condenada a muerte que implorase auxilio, y se te ocurriría sacar la pistola y descerrajar un tiro a la vieja sin más preámbulo. Pensando en esto gritas: «¡Hola! ¿Qué es eso?»; o bien: «¿Qué os pasa?».

El postillón toca el cuerno; la vieja se hace una bola dentro de la caldera, y todo desaparece en una humareda espesa. Si has encontrado a la joven a la cual buscabas ávidamente en la oscuridad, no lo sé; pero lo cierto es que habrás deshecho al fantasma de la vieja y que habrás librado del encanto a Verónica.

Pero ni tú ni nadie pasó el día 23 de septiembre por la noche, en medio de la tormenta, por el camino embrujado, y Verónica tuvo que permanecer junto a la caldera, muerta de miedo, hasta que finalizase la obra. Oía perfectamente el estruendo que resonaba en derredor suyo, las voces que, riñendo, mugían y gritaban; pero no abría los ojos, pues comprendía que la contemplación de los horrores que la rodeaban le hubiera hecho perder el sentido irremisiblemente. La vieja había cesado de menear el contenido de la caldera; la humareda se hacía menos espesa, hasta que al fin sólo quedó debajo del fondo de aquella una llamita como de espíritu de vino... Entonces la vieja exclamó:

—¡Verónica, hija mía, querida mía, mira al fondo!... ¿Qué ves?... ¿Qué ves?...

Verónica no estaba en estado de responder, pareciéndole que en la caldera se movían toda clase de figuras mezcladas, que poco a poco fueron haciéndose más nítidas, y al fin salió, alargándola la mano y sonriendo alegremente, el estudiante Anselmo. Entonces Verónica dijo en alta voz:

—¡Ah Anselmo..., Anselmo!

La vieja abrió una espita que tenía la caldera y el metal hirviente salió chirriando y crepitando al caer en un molde que tenía allí mismo. La vieja se levantó de un salto, y con gestos salvajes, horribles, danzando en círculo, comenzó a gritar:

—¡Ya está la obra terminada!... ¡Gracias, hijos míos..., habéis vigilado bien!... ¡Huy..., huy..., ya viene! ¡Matadle de un mordisco..., matadle!

En el aire sonó un ruido como si se cerniera un águila gigantesca agitando con fuerza las alas, y se oyó una voz terrible que decía: «¡Canalla!... ¡Fuera de aquí..., a casa..., a casa!...». La vieja se tiró al suelo aullando y Verónica perdió el sentido.

Cuando volvió en sí ya era de día; estaba en su cama, y Francisca a su lado con una taza de té en la mano le decía:

—Vamos, hermana, dime lo que te pasa, que hace más de una hora que estoy aquí y tú no me atiendes, como si tuvieras el conocimiento perdido por la fiebre, y nos tienes en gran cuidado. Padre no ha ido a clase a causa de tu estado y ha salido a buscar al médico.

Verónica tomó el té en silencio, y mientras lo tomaba tenía ante la vista todas las terribles imágenes de la noche anterior. «¿Habrá sido todo un sueño que me ha atormentado?... Pero yo estoy segura de haber ido anoche a casa de la vieja Elisa, y estábamos a 23 de septiembre. ¿Será que ayer me puse enferma y todo es producto de la fiebre? Entonces es que me ha enfermado el pensar constantemente en Anselmo y en la hechicera que ha fingido ser la vieja Elisa para engañarme.»

Francisca, que había salido de la habitación, volvió a entrar con la capa de Verónica chorreando agua.

—Mira, hermana —dijo—, lo que ha pasado esta noche: se ha abierto la ventana con la tormenta; el viento ha derribado la silla en que estaba tu capa y el agua que ha entrado la ha empapado.

Aquello impresionó profundamente a Verónica, que vio bien claro que no había soñado, sino que en realidad había estado con la vieja. El miedo y el espanto se apoderaron de ella, y el frío de la fiebre le hizo temblar. Tiritando, se arropó con la colcha de la cama, y sintió que una cosa dura tropezaba contra su pecho, y al tratar de averiguar lo que era le pareció que se trataba de un medallón; lo sacó cuando Francisca se fue con la capa, y resultó ser un espejito de metal pulido. «Esto es un regalo de la vieja», dijo para sí, y le pareció que del espejo salían rayos de fuego, que penetraban en su ser y le producían inefable bienestar. El frío de la fiebre desapareció y se sintió perfectamente. Sólo se le ocurría pensar en Anselmo, y cuanto más pensaba en él, veía representarse su imagen en el espejito como si fuera una miniatura viva. De pronto le pareció no ver la imagen..., no..., sino al mismo estudiante en persona. Estaba sentado en un aposento adornado de una manera extraña, escribiendo afanosamente. Verónica sentía deseos de dirigirse a él, diciéndole: «Anselmo, mire en derredor suyo, estoy a su lado». Pero no lo hizo porque sintió como si le rodease una gran hoguera; y cuando Verónica pudo volver a verle, sólo distinguió grandes libros con cantos dorados. Al fin, sin embargo, logró que Anselmo la viera, y entonces creyó que la veía después de estar pensando en ella, pues se sonrió y dijo: «¡Ah! ¿Es usted, querida señorita de Paulmann? ¿Por qué toma usted el aspecto de una serpiente algunas veces?». Verónica se echó a reír ante aquellas palabras; y entonces despertó como de un profundo sueño, escondiendo rápidamente el espejito al ver que se abría la puerta y entraba en la habitación su padre con el doctor Eckstein. Este se dirigió en seguida a la cama, tomó el pulso a Verónica muy pensativo y dijo:

—¡Hum..., hum!...

Luego extendió una receta, volvió a tomarle el pulso, repitió el «¡Hum..., hum...!» y dejó a la enferma. De las expresiones del doctor Eckstein el pasante Paulmann no pudo deducir lo que le ocurría a su hija Verónica.

OCTAVA VELADA

LA BIBLIOTECA DE LAS PALMERAS.—SUERTE DE UNA SALA-MANDRA DESGRACIADA.—DE CÓMO LA PLUMA NEGRA ACARI-CIÓ A UNA ZANAHORIA Y EL REGISTRADOR HEERBRAND COGIÓ UNA GRAN BORRACHERA

El estudiante había trabajado varios días en casa del archivero Lindhorst; las horas de trabajo eran para él las más felices de su vida, pues siempre rodeado de las palabras armoniosas y consoladoras de Serpentina, acariciado a veces por un hálito suave, se sentía invadido de un bienestar que a ratos llegaba a una verdadera delicia. Los cuidados y preocupaciones diarios desaparecían para él, y, la nueva vida en que se internaba como en un mundo iluminado por el sol, le hacía comprender todas las maravillas que en otra ocasión le habrían hecho asombrarse y cavilar. Las copias adelantaban mucho, le parecía que sólo escribía rasgos conocidos sobre el pergamino, sin tener necesidad apenas de mirar al original para hacerlo con más facilidad. Aparte de a la hora de comer, el archivero Lindhorst se dejaba ver rara vez; pero siempre aparecía en el preciso momento en que terminaba un manuscrito, para entregarle otro, y se marchaba sin decir una palabra, después de haber removido la tinta con un palito negro y de sustituir las plumas usadas por otras nuevas y muy afiladas. Un día en que Anselmo, a las dos en punto, subía por la escalera se encontró cerrada la puerta por la que solía entrar, y el archivero apareció por el lado opuesto con el batín de flores de colorines. En alta voz le dijo:

—Hoy, querido Anselmo, tiene que entrar por aquí, pues tenemos que ir al aposento en que esperan los críticos del *Bhagavata-Guita* [13].

Echó a andar por el corredor, guiando a Anselmo a través de los mismos aposentos y salones por donde pasaran la vez primera.

El estudiante Anselmo se maravilló nuevamente de la magnificencia del jardín; pero vio con asombro que algunas de las flores raras que adornaban los oscuros arbustos eran insectos de colores vivos que agitaban las alas y subían y bajaban danzando y parecía que se acariciasen con los aguijones. Por el contrario, los pájaros color de rosa y azules eran flores olorosas, y el aroma que esparcían salía de sus cálices en una especie de sonido agradable, que se confundía y mezclaba en armoniosos acordes con el murmullo de las fuentes lejanas y con el susurro de las hojas de los arbustos y de los árboles, que producía una inquietud dolorosa. Las urracas, que tanto se burlaron de él la primera vez, volvieron a revolotear en derredor de su cabeza, gritando sin cesar con sus vocecillas chillonas: «Señor estudiante..., no corra tanto...; no vaya mirando a las nubes... que se va a caer de narices... ¡Eh!... ¡Eh, señor estudiante!... Póngase la bata..., el padre búho le rizará el tupé». Y así continuaron diciendo tonterías hasta que Anselmo salió del jardín. El archivero Lindhorst entró al fin en el salón azul cielo; el pórfido con el puchero de oro había desaparecido, y en su lugar había una mesa cubierta de terciopelo violeta, en la que Anselmo descubrió los conocidos utensilios de escribir, y ante ella un sillón.

---

[13] *Bhagavad-Gita,* el *Amor Santo,* o el *Amor de la Divinidad,* es el título de una poesía filosoficorreligiosa hindú inspirada en un episodio de la gran epopeya *Mahabharata.*

—Querido Anselmo —dijo el archivero—: ha copiado usted ya un buen número de manuscritos con gran habilidad y prontitud y a completa satisfacción mía; se ha ganado mi confianza. Pero aún queda por hacer lo más importante, que es copiar, o, mejor dicho, calcar, ciertas obras escritas en signos especiales que guardo en este recinto y que tienen que ser copiadas aquí mismo. En lo sucesivo trabajará usted aquí; pero debo advertirle que ha de tener mucho cuidado, pues una equivocación o, lo que el cielo no permita, un borrón en el original le traería a usted una desgracia.

Anselmo observó que de las ramas de las palmeras salían unas hojitas verde esmeralda; el archivero cogió una de ellas, y a Anselmo le pareció ver que se convertía en un rollo de pergamino, que el archivero desenvolvió y puso encima de la mesa. El estudiante se maravilló no poco de los signos entrelazados de manera extraña y de los puntitos, rasgos y adornos, que representaban plantas, musgos, animales, y casi se sintió capaz de llegar a copiarlo bien, quedándose un rato pensativo.

—¡Ánimo, joven! —exclamó el archivero—. Si crees firmemente y amas de verdad, Serpentina te ayudará.

Su voz tenía un sonido metálico, y cuando Anselmo levantó la cabeza, sobrecogido de miedo, vio ante sí al archivero Lindhorst con los atavíos reales, como se le apareciera en la primera visita a la biblioteca. El estudiante sintió impulsos de caer de rodillas ante aquella respetable figura; pero de repente esta se subió en el tronco de una palmera y desapareció entre las hojas verde esmeralda.

El estudiante Anselmo comprendió que le había hablado el príncipe de las tinieblas, yéndose luego a su cuarto de trabajo para conferenciar con los rayos que algunos planetas enviaban como embajadores, sobre su suerte y la de Serpentina. «También puede ser —continuó pensando— que le esperen noticias de las fuentes del Nilo o que le visite algún mago de Laponia... A mí no me corresponde más que ponerme a trabajar con afán.» Y se puso a estudiar los signos enrevesados del pergamino.

La música maravillosa del jardín resonaba en derredor suyo, inundándole de aromas deliciosos; también oía a las urracas charlar, aunque no podía distinguir sus palabras, de lo cual se alegraba. A ratos le parecía que se agitaban las hojas esmeraldinas de las palmeras y que luego brillaban por toda la habitación las campanillas de cristal que oyera aquel famoso día de la Ascensión debajo del saúco. El estudiante Anselmo, reconfortado con aquellos sonidos y aquellas imágenes, trabajaba con mucha atención en descifrar el pergamino, advirtiendo en su interior que las palabras no podían significar otra cosa que «el casamiento de la salamandra con la serpiente verde».

En el mismo momento se oyó un triple sonido de campanillas de cristal. «Anselmo, querido Anselmo», se escuchó entre las hojas, y ¡oh maravilla!, del tronco de la palmera se separó la serpiente verde.

—¡Serpentina! ¡Querida Serpentina! —exclamó Anselmo como loco de entusiasmo.

Y conforme la miraba la veía convertirse en una joven de ojos azul oscuro, como los que él contemplaba en su interior, que le miraba con una expresión indescriptible de ansiedad y se dirigía hacia él. Las hojas se bajaron y se ensancharon; por todos los troncos asomaron pinchos; pero Serpentina se escurrió y se deslizó a través de ellos, envolviéndose en su vestidura de colores chillones, de modo que, adhiriéndola perfectamente a su esbelto cuerpo, no quedase nada enganchado entre los pinchos de las palmeras. Se sentó junto a Anselmo en el mismo sillón, rodeándole con su brazo y estrechándose contra él, de modo que sentía el aliento en sus labios y el calor eléctrico de su cuerpo.

—Querido Anselmo —comenzó a decir Serpentina—, ya eres casi mío. Por tu fe y tu amor me has ganado, y te traigo el puchero de oro, que nos ha de dar eterna felicidad.

—¡Oh querida, adorada Serpentina! —repuso Anselmo—. Si te tengo a ti, poco me importa lo demás; si tú eres mía, penetraré de buena gana en todo lo fantástico y maravilloso que me rodea desde el primer momento en que te vi.

—Ya sé —continuó Serpentina— que lo desconocido y maravilloso con que mi padre te ha inquietado por divertirse te ha producido miedo y terror; pero yo creo que esto no volverá a ocurrir, pues he venido para contarte, punto por punto, todo lo que debes saber para conocer por completo a mi padre, y, sobre todo, para que te des cuenta exacta de su situación y de la mía.

A Anselmo le parecía que estaba cercado por la amable aparición y que no podía moverse sin ella y que el latido de su pulso era precisamente el que hacía estremecerse sus nervios y sus fibras; escuchaba sus palabras, que le llegaban a lo más profundo del alma, como una luz brillante encendida dentro de él por el mismo cielo. Tenía el brazo puesto sobre su cuerpo, más esbelto que todos los esbeltos; pero la tela brillante y reluciente de su traje era tan escurridiza, tan suave, que daba la sensación de que se le iba a escapar de entre las manos sin que le fuera posible detenerla, y sólo aquella idea le hacía estremecer.

—¡No me abandones, querida Serpentina! —exclamó involuntariamente—. ¡Eres mi vida!

—Hoy no me marcharé —dijo Serpentina— sino después de haberte contado todo lo que puedas comprender en tu amor hacia mí. Has de saber, amado mío, que mi padre procede de la especie maravillosa de las salamandras y que yo debo mi vida a sus amores con la serpiente verde. En tiempos remotos, reinaba en el reino de Atlantis el poderoso príncipe de las tinieblas, Fósforo, al que servían todos los espíritus elementales. Una vez fue la salamandra, a la que quería más que a ninguno —era mi padre—, al magnífico jardín que la madre de Fósforo había adornado, y paseándose por él oyó a una azucena que cantaba con voz suave: «Cierra los ojos hasta que mi amado, el viento de la mañana, te despierte». Se acercó; con su aliento abrasador mustió las hojas de la azucena, y vio a la hija de esta, la serpiente verde, que dormía en el cáliz de la flor. La salamandra se enamoró súbitamente de la hermosa serpiente y se la robó a la azucena, cuyo aroma se esparció por todo el jardín lanzando lamentos y llamando a la hija perdida. La salamandra llegó al palacio de Fósforo y le dijo: «Cásame con mi amada, que ha de ser mía para siempre». «¡Loco! ¿Qué pretendes? —dijo el príncipe de las tinieblas—. Has de saber que una vez la azucena fue mi amada y reinó conmigo; pero la chispa que yo vertí en ella amenazó con abrasarla, y sólo la lucha con el dragón, encadenado ahora por el genio de la tierra, logró salvar a la azucena, cuyas hojas fueron bastante fuertes para encerrar dentro de sí la chispa y conservarla. Pero tú abrasas a la serpiente verde, tu amor consumirá su cuerpo y germinará un nuevo ser que se te escapará.» La salamandra no hizo caso de las advertencias del espíritu de las tinieblas; llena de entusiasmo estrechó entre sus brazos a la serpiente verde, que desapareció convertida en cenizas, de las cuales surgió un nuevo ser alado que rápidamente desapareció en el aire. La salamandra sintió arder dentro de sí el fuego de la desesperación y, lanzando llamas, echó a correr por el jardín, destruyéndolo todo en su furia salvaje, y las lindas flores y los capullos cayeron abrasados, llenando con sus lamentos el espacio. El espíritu de las tinieblas, enfurecido contra la salamandra, dijo: «Tu fuego ha disminuido..., tus llamas se han apagado..., tus rayos se han oscurecido... Ve a lo profundo de la tierra, para que el genio de ella se burle de ti y te haga prisionero hasta que la materia ígnea vuelva a encenderse y salga contigo el mundo en forma de nuevo ser». La pobre salamandra cayó apagada; pero el gnomo viejo y gruñón, que era jardinero de Fósforo, exclamó: «Señor: ¿quién tiene más motivos de queja que yo contra la salamandra? ¿No había adornado con mis mejores metales las lindas plantas que me ha estropeado? ¿No he cuidado con amor su crecimiento, matizándolas de los más brillantes colores? Y, sin embargo, tomo bajo mi protección a la pobre salamandra, a la cual el amor, del que tú, señor, no pocas veces te has sentido dominado, ha empujado a cometer tan grandes destrozos. ¡Levántale un castigo tan tremendo!». «Su fuego se ha extinguido por ahora —dijo el príncipe de las tinieblas—. En la época desgraciada en que el lenguaje de la naturaleza no le sea comprensible al bastardo género humano; cuando el espíritu elemental, encadenado a su reino, hable a los hombres a gran distancia en sordas resonancias; cuando, escapado al armonioso círculo, un ansia infinita le dé idea de las maravillas del reino en que de otra suerte le sería permitido vivir; cuando la fe y el amor vivan en su alma..., en esa desgraciada época, volverá a encenderse la materia ígnea de la salamandra; pero sólo para dar vida a los hombres y teniendo que entrar por completo en la vida indigente cuyas penas habrá de sufrir. Y no sólo tendrá el recuerdo de su situación original, sino que vivirá en armonía con la naturaleza, comprenderá sus maravillas y estarán a sus órdenes las fuerzas de los espíritus unidos. En una planta de azucenas volverá a encontrar a la serpiente verde, y el fruto de su unión con ella serán tres hijas, que se aparecerán a los hombres en la forma de su madre. En primavera se enredarán en las oscuras ramas del saúco y harán sonar sus vocecillas de cristal. Si en la época triste y desgraciada de la insensibilidad interior se encuentra un joven que comprenda su canto; si le mira una de las serpientes con sus lindos ojos; si esta mirada despierta en él la nostalgia de un país maravilloso, al cual se elevaría con gusto cuando se desprendiera de la carga de lo vulgar, y con el amor por la serpiente naciese en él la fe en los prodigios de la naturaleza y en su propia existencia en tales maravillas, lograría ser dueño de la serpiente. Pero sólo cuando hayan aparecido tres jóvenes de esta clase que se casen con las tres hijas podrá la salamandra librarse de su pesada carga y reunirse con sus hermanos.» «Permite, señor —dijo el gnomo—, que yo haga un regalo a estas hijas para alegrar sus vidas con sus esposos. Cada una de ellas recibirá un puchero del más hermoso metal que yo poseo, el cual puliré con rayos tomados del diamante; en su superficie se reflejará nuestro maravilloso mundo en perfecta armonía con la naturaleza toda, y en su fondo, en el momento de la boda, nacerá una azucena roja, cuya flor imperecedera aromará para siempre al enamorado y fiel esposo. Luego este comprenderá su lenguaje y las maravillas de nuestro reino y podrá vivir con su amada en Atlantis.» Ya ves, querido Anselmo, que mi padre es la salamandra de que te he hablado. A pesar de su alta alcurnia, tiene que someterse a las pequeñeces y sinsabores de la vida corriente, y de aquí procede su carácter, agrio a veces, y la ironía con que suele burlarse de las gentes. Me ha dicho en muchas ocasiones que, para indicar el estado de espíritu que en tiempos remotos pusiera como condición el príncipe de las tinieblas para el casamiento conmigo y con mis hermanas, se usa ahora una expresión que se ha empleado, sin embargo, generalmente mal, a saber: el sentimiento poético. Es muy frecuente hallar este sentimiento en los jóvenes, los cuales, a consecuencia de la sencillez de sus costumbres y de su creencia de refinamientos mundanos, suelen ser objeto de las burlas del pueblo bajo. ¡Ah querido Anselmo!... Tú comprendiste mi canto bajo el saúco... y descubriste mi mirada... Tú amas a la serpiente verde, tú crees en mí y quieres ser mío eternamente... La hermosa azucena florecerá en el puchero de oro y viviremos benditos y felices en Atlantis. Pero no te puedo ocultar que en la lucha terrible entre los gnomos y las salamandras el dragón negro quedó en libertad y salió bramando por el aire. Fósforo lo volvió a sujetar, es cierto; pero de las plumas negras que se le cayeron en la lucha y volaron por la tierra nacieron espíritus enemigos que por doquier atacan a los gnomos y a las salamandras. Esa mujer, querido Anselmo, que tan mal te quiere y que, como mi padre sabe muy bien, ansía la posesión del puchero de oro, debe su existencia al amor de una de esas plumas desprendidas de las alas del dragón por una zanahoria. Ella sabe su origen y su fuerza, pues en los gemidos y en los estremecimientos del dragón prisionero le han sido revelados los secretos de algunas constelaciones, y emplea todos los medios a su alcance para obrar de fuera adentro, contra lo cual mi padre combate con los rayos que brotan del interior de la salamandra. Todos los principios enemigos que residen en las plantas venenosas y en los animales dañinos los recoge la tal mujer, los mezcla en el momento propicio de la constelación y consigue algunas apariciones, que llenan de espanto y de terror la imaginación del hombre y somete a él a los genios que el dragón vencido engendró. Guárdate de la vieja, querido Anselmo; es enemiga tuya, pues tu ánimo infantil aniquila algunos de sus malos conjuros... Permanece fiel..., fiel... a mí, y pronto tendrás el premio.

—¡Oh querida Serpentina! —exclamó Anselmo—. ¿Cómo podría abandonarte? ¿Cómo podría no amarte eternamente?

Un beso le abrasó la boca; se sobresaltó como si se despertara de un sueño profundo; Serpentina había desaparecido. Daban las seis, y pensó con tristeza que no había copiado nada; miró, preocupado de lo que diría el archivero, la hoja, y, ¡oh maravilla!, la copia del misterioso manuscrito estaba terminada; y fijándose bien, le pareció haber escrito la historia que Serpentina le contara del predilecto del príncipe de las tinieblas, el príncipe Fósforo, del maravilloso país de Atlantis. En aquel momento se presentó el archivero Lindhorst, con su sobretodo gris, el sombrero puesto y el bastón en la mano; miró el pergamino que Anselmo copiara, tomó una pizca de rapé y dijo sonriendo:

—Ya me lo figuraba... Aquí tiene usted su ducado, Anselmo, y venga ahora conmigo a los baños de Linke... Sígame.

El archivero atravesó de prisa el jardín, en el que se oía un ruido confuso de cantos, silbidos y charla; tanto, que el estudiante Anselmo se sintió mareado, y dio gracias a Dios cuando se encontró en la calle. Apenas había andado unos pasos cuando se encontraron al registrador Heerbrand, que se unió a ellos muy satisfecho. En la puerta rellenaron las pipas; el registrador Heerbrand se lamentó de no llevar consigo fuego, y el archivero Lindhorst exclamó involuntariamente:

—¡Fuego! Aquí hay todo el que usted quiera.

Y al decir estas palabras chasqueó los dedos, y salieron chispas, que en un instante encendieron las pipas.

—Vea usted los trucos de la química —dijo el registrador.

Pero el estudiante no pudo menos de pensar con cierta emoción en la salamandra.

En los baños, el registrador bebió tantas jarras de cerveza que, a pesar de que era un hombre tranquilo y callado, comenzó a cantar con voz chillona de tenor canciones de estudiantes y a preguntar a todos si eran amigos suyos o no, y al fin Anselmo tuvo que acompañarle a su casa, mucho después de que el archivero les dejara.

NOVENA VELADA

DE CÓMO EL ESTUDIANTE ANSELMO LLEGÓ A CIERTOS RAZONAMIENTOS.—LA SOCIEDAD DE BEBEDORES DE PONCHE.—DE CÓMO EL ESTUDIANTE ANSELMO TOMÓ AL PASANTE PAULMANN POR UN BÚHO Y DE LA INDIGNACIÓN DEL PASANTE.—LA MANCHA DE TINTA Y SUS CONSECUENCIAS

Todas las cosas raras y maravillosas que le sucedían a Anselmo le tenían fuera de sí. No veía a sus amigos, y todas las mañanas esperaba impaciente que diesen las doce para que se le abriese el paraíso. Y, sin embargo, mientras todo su ser se dirigía a la hermosa Serpentina y al reino de hadas de casa del archivero, a veces involuntariamente pensaba en Verónica, y hasta le parecía que en algunos momentos se acercaba a él ruborizándose para decirle lo mucho que le amaba y sus esfuerzos para desvanecer los fantasmas que se burlaban de él sin reparo. En ocasiones sentía una fuerza irresistible y desconocida que le arrastraba hacia la olvidada Verónica, y no tenía más remedio que seguirla hasta verse encadenado por la joven. La misma noche en que por primera vez se le apareciera Serpentina en la forma de una muchacha hermosísima y le contara el casamiento misterioso de la salamandra con la serpiente verde, se le presentó Verónica con más claridad que nunca. Claro que al despertar vio que había soñado, pues estaba convencido de que Verónica había estado realmente en su casa, quejándose amargamente, con expresiones que le llegaron al alma, de que sacrificaba su amor verdadero a las fantasías de su imaginación perturbada, lo que le conduciría a la perdición. Verónica estaba más amable que nunca; apenas si podía apartar de ella su pensamiento, y esto le causó cierto malestar, que esperaba disipar con el paseo matutino. Una fuerza mágica le llevó hacia la puerta Pirnaer, y cuando trataba de meterse por una callejuela sintió tras de sí al pasante Paulmann, que le decía a gritos:

—¡Eh, eh, querido Anselmo!... *Amice..., amice.* ¿Dónde demonios se mete usted? No se deja ver por ninguna parte... Ya sabe usted que Verónica está deseando cantar otra vez con usted; así que no tiene más remedio que ir a casa. Véngase ahora mismo conmigo.

El estudiante Anselmo fue a la fuerza a casa del pasante. Cuando entraban en ella les salió al encuentro Verónica, vestida con mucho esmero, lo cual despertó la curiosidad de su padre, que le dijo:

—¿Cómo tan compuesta? ¿Es que esperabas visita?... Aquí te traigo a Anselmo.

Cuando el estudiante besó la mano a Verónica, muy comedido y tranquilo, sintió una ligera presión que le hizo estremecerse como si hubiese tocado fuego. Verónica fue la alegría, la gracia en persona, y cuando el pasante se marchó a su despacho supo entretenerle con bromas y astucias de todas clases, de modo que llegó a olvidar sus debilidades, y al fin se puso a jugar por la habitación con las alegres muchachas. El demonio de la torpeza volvió a apoderarse de él: tropezó en la mesa y dejó caer al suelo el cesto de la costura de Verónica. Anselmo la recogió; la tapa se había levantado, dejándole ver un espejito redondo, en el que se puso a mirar muy contento. Verónica se colocó detrás de él; le puso la mano en el brazo, apoyándose bien en él, y miró al espejito por encima de su hombro. Entonces le pareció a Anselmo que se entablaba una lucha en su interior... Ideas..., imágenes... se reflejaban y desaparecían...: el archivero Lindhorst..., Serpentina..., la serpiente verde... Al fin, todo quedó tranquilo y lo confuso se hizo más claro y comprensible, y se dio cuenta de que en realidad sólo había pensado en Verónica, que hasta la figura que se le apareció en el aposento azul era la misma Verónica y que la fantástica leyenda del matrimonio de la salamandra la había escrito, pero de ninguna manera se la había contado a nadie. Se asombró de sus sueños y se atribuyó a su exaltación, producida por el amor de Verónica juntamente con la propia del trabajo en casa del archivero Lindhorst, en cuyos aposentos había siempre un olor especial y muy fuerte. Se rió de buena gana de la tontería de creerse enamorado de una serpiente y tomar a todo un señor archivero por una salamandra.

—¡Sí, sí..., es Verónica! —exclamó en alta voz.

Al volverse miró a los ojos azules de Verónica, en los

cuales se reflejaban el amor y la ansiedad. Un «¡Ah!» sordo se escapó de los labios de la joven, que en el mismo momento se unieron abrasadores a los de Anselmo.

—¡Qué felicidad! —exclamó el entusiasmado estudiante—. Lo que ayer soñé se ha convertido hoy en realidad.

—¿Y te casarás conmigo cuando seas consejero? —preguntó Verónica.

—De todos modos —repuso el estudiante.

En esto rechinó la puerta, y el pasante entró en la habitación diciendo:

—Hoy, querido Anselmo, no le suelto; se queda usted a tomar la sopa conmigo, y luego Verónica nos preparará un buen café, que tomaremos en compañía del registrador Heerbrand, que me prometió venir.

—¡Ah, señor pasante! —respondió Anselmo—. ¿No sabe usted que tengo que ir a casa del archivero Lindhorst a lo de las copias?

—Vea usted, *amice* —dijo el pasante, mostrándole el reloj, que marcaba las doce y media.

El estudiante Anselmo vio que era demasiado tarde para ir a casa del archivero y accedió a los deseos del pasante Paulmann, con tanto más gusto cuanto que así podría contemplar a su antojo durante todo el día a Verónica y recibir a cambio alguna mirada, algún apretón de manos y tal vez un beso. A esta altura llegaban los deseos del estudiante Anselmo, y se sentía cada vez más contento conforme adquiría el convencimiento de que se iba a librar de las imágenes fantásticas, que en realidad le podían haber llegado a volver loco. El registrador Heerbrand se presentó, efectivamente, después de la comida; y cuando hubieron saboreado el café y la tarde avanzó, dio a entender, frotándose las manos, que traía algo que, mezclado por las lindas manos de Verónica y preparado convenientemente —foliado y rubricado, por decirlo así—, a todos les alegraría mucho en aquella fresca noche de octubre.

—Vaya, saque ya eso tan misterioso que trae en el bolsillo, señor registrador —exclamó el pasante Paulmann.

El registrador se metió la mano en el bolsillo de su gabán de mañana y sacó, sucesivamente, una botella de *arrak,* limón y azúcar. Apenas había transcurrido media hora, un sabroso ponche humeaba sobre la mesa del pasante Paulmann. Verónica probó la bebida, y entre los amigos se entabló una animada conversación. Conforme al estudiante Anselmo se le fue subiendo a la cabeza el espíritu de la bebida, volvieron también todas las imágenes de lo maravilloso y extraño que le ocurriera en aquellos días. Vio al archivero Lindhorst con su batín de damasco, que brillaba como el fósforo... Vio la habitación azul, las palmeras doradas, y todo lo tuvo tan presente, que le pareció que debía creer en Serpentina... En su interior advertía un tumulto y una confusión grandes. Verónica le sirvió un vaso de ponche, y al dárselo le rozó suavemente con la mano.

—¡Serpentina! ¡Verónica!... —suspiró en voz baja.

Quedó sumido en una somnolencia profunda; pero el registrador Heerbrand dijo en voz muy alta:

—El archivero Lindhorst es un viejo extraño, al que nadie puede llegar a entender. Brindemos por él, Anselmo.

El estudiante salió de su ensimismamiento y dijo mientras chocaba su vaso con el del registrador:

—Todo consiste en que el archivero es propiamente una salamandra, que destrozó el jardín de Fósforo en un momento de ira porque se le escapó la serpiente verde.

—¿Cómo es eso? —preguntó el pasante.

—Sí —continuó Anselmo—. Por eso tiene que ser archivero y vivir en Dresde con sus tres hijas, que no son otra cosa que serpientes doradoverdosas, que cantan en el saúco y atraen a los jóvenes como las sirenas.

—Anselmo, Anselmo... —dijo el pasante Paulmann—, ¿está usted en su juicio? ¿Cuántas tonterías está usted diciendo?

—Tiene razón el mozo —repuso el registrador Heerbrand—; el archivero es una salamandra maldita que saca de los dedos chispas que hacen quemaduras en la ropa como una esponja de fuego... Sí, sí, tienes razón, hermano Anselmo, y el que no lo crea es mi enemigo.

Y el registrador dio un puñetazo en la mesa que hizo temblar los vasos.

—Registrador, ¿está usted loco? —exclamó el irritado pasante.

—Señor estudiante..., señor estudiante, ¿qué está usted ideando ahora?

—¡Ah! —dijo Anselmo—. Usted no es más que un pájaro..., un búho, que se dedica a rizar los tupés, señor pasante...

—¿Cómo?... ¿Yo un pájaro?... ¿Un búho?... ¿Un peluquero?... —gritó el pasante lleno de ira.

—Usted está loco..., loco... Pero ya caerá sobre él la vieja —dijo el registrador Heerbrand.

—Sí, la vieja es poderosa —repuso Anselmo—, aunque procede de un origen bajo, pues su padre es una pluma vieja y su madre una zanahoria despreciable, y su fuerza la debe principalmente a seres innobles..., canalla malvada y venenosa, de los cuales se rodea.

—Eso es una mentira indigna —exclamó Verónica con los ojos echando chispas—. La vieja Elisa es una adivinadora y el gato negro no es una criatura infernal, sino un joven distinguido de buenas costumbres y primo suyo.

—¿Puede la salamandra comer sin quemarse la barba y desaparecer miserablemente? —preguntó el registrador Heerbrand.

—No, no —exclamó Anselmo—, no puede ni podrá jamás; y la serpiente verde me ama porque soy inocente y he contemplado los ojos de Serpentina.

—Los cuales le sacará el gato —dijo Verónica.

—¡La salamandra, la salamandra triunfa en todo, en todo! —gritó el pasante Paulmann muy excitado—. ¿Pero estoy en una casa de locos? ¿Es que yo también estoy loco? ¿Qué tonterías se me están ocurriendo?... Sí, es que estoy loco, completamente loco.

Al oír estas palabras el pasante se levantó, se quitó la peluca y la lanzó contra la tapa de la estufa, haciendo que los retorcidos tirabuzones chirriasen y los polvos se esparciesen por la habitación. Entonces el registrador y Anselmo cogieron la jarra del ponche y los vasos, y gritando alegremente los lanzaron contra la estufa, rompiéndolos en mil pedazos, que cayeron al suelo armando gran estrépito.

—¡Viva la salamandra!... ¡Abajo, abajo la vieja!... ¡Romperemos el espejo de metal! ¡Sacaremos los ojos al gato! ¡Pajaritos, pajaritos del aire, viva, viva la salamandra!

Y los tres gritaban y aullaban como demonios.

Llorando a lágrima viva se marchó de allí Francisca, y Verónica quedó echada en el sofá, angustiada y dolorida. La puerta se abrió; todo quedó en silencio de pronto y apareció un hombrecillo con una capa gris. Su rostro tenía cierto aire de dignidad, y en él sobresalía la nariz ganchuda, en la que cabalgaban unos grandes lentes. Llevaba una peluca extraña, que más bien parecía una gorra de plumas.

—Muy buenas noches —dijo el cómico hombrecillo—. Está aquí el estudiante Anselmo, ¿verdad? Muchos recuerdos del archivero Lindhorst, que ha estado esperando inútilmente al estudiante y que le ruega no falte mañana a la hora de costumbre.

Y diciendo esto volvió a salir por la puerta, y todos vieron perfectamente que el grave hombrecillo era un gran papagayo. El pasante Paulmann y el registrador Heerbrand lanzaron una carcajada que resonó por toda la habitación, y Verónica lloraba y gemía como poseída de profundo dolor, y el estudiante Anselmo, estremecido por la locura de su terror interior, salió corriendo por las calles. Mecánicamente encontró su casa y su habitación. A poco se presentó en ella Verónica, que muy amable y tranquila le preguntó por qué había salido tan precipitadamente y le dijo que tuviera cuidado con los fantasmas mientras trabajaba en casa del archivero Lindhorst...

—Buenas noches, buenas noches, mi querido amigo —susurró Verónica a su oído, dándole un beso.

Anselmo quiso abrazarla; pero la figura desapareció instantáneamente y se despertó alegre y descansado. Se rió para sí del efecto del ponche y, mientras pensaba en Verónica, se sintió invadido por un sentimiento agradable. «A ti sola —se dijo a sí mismo— tengo que agradecer el haber vuelto en mí de mis locuras... Realmente no estaba mucho más cuerdo que aquel individuo que creía ser de cristal, o aquel otro que no salía de su habitación por miedo a que se lo comiesen las gallinas, porque suponía que era un grano de cebada. En cuanto sea consejero, me caso con la señorita de Paulmann y seré completamente feliz.»

Cuando al mediodía pasaba por el jardín del archivero

Lindhorst no pudo menos de asombrarse de haberlo encontrado tan raro y maravilloso. Sólo veía tiestos de plantas vulgares, geranios de todas clases, ramas de mirto, etc. En lugar de los pájaros de colorines, que tanto se burlaron de él, vio un grupo de gorriones, que armaron un gran alboroto en cuanto advirtieron su presencia. El aposento azul se le representó asimismo de muy distinta manera, y no podía comprender cómo es que aquel azul chillón y aquellos troncos de palmeras artificiales con sus hojas mal dibujadas habían podido gustarle en algún momento.

El archivero le recibió sonriendo de un modo irónico y le preguntó:

—Vamos, Anselmo, dígame qué tal le supo el ponche de ayer.

—¡Ah! Seguramente el papagayo le ha dicho... —comenzó a responder Anselmo, muy avergonzado; pero se calló, porque recordó que el papagayo precisamente fue lo que causó la desaparición de su locura.

—No; es que yo estaba en la reunión —repuso el archivero—. ¿No me vio usted? Y por cierto que por poco salgo mal parado por el monstruo que se apoderó de ustedes, pues precisamente estaba sentado en la jarra del ponche en el momento en que el registrador Heerbrand la cogió para arrojarla contra la estufa, y tuve que esconderme más que de prisa en la pipa del pasante Paulmann. Y ahora, adiós, Anselmo; aplíquese. Le pagaré también el día de ayer, teniendo en cuenta lo bien que ha trabajado hasta ahora.

«¿Cómo puede el archivero decir tales tonterías?», dijo para sí el estudiante Anselmo, sentándose a la mesa para comenzar la copia del manuscrito que, como de costumbre, el archivero había extendido ante su vista. Vio sobre él tanto signo enrevesado y tanto rasgo raro, sin que hubiese un solo punto en que descansar la vista, que le pareció imposible llegar a conseguir copiar bien aquel jeroglífico. Le daba la sensación de un mármol lleno de miles de vetas o de una piedra en la que hubiera brotado el musgo. A pesar de todo, quiso hacer lo posible por terminar el trabajo, y mojó la pluma muy confiado; pero la tinta no corría; sacudió la pluma, impaciente, y..., ¡oh cielos!, un gran borrón cayó en el extendido original. Silbando salió un rayo de la mancha y culebreando subió hasta el techo. Entonces comenzó a brotar de las paredes un vapor espeso; las hojas susurraron con furia, como agitadas por la tormenta, dejando paso a basiliscos ardiendo, que incendiaron el vapor, rodeando a Anselmo una masa de llamas. Los dorados troncos de las palmeras se convirtieron en gigantescas serpientes, que, al entrechocar sus cabezas, producían un ruido estridente y que se le enroscaban a Anselmo con sus cuerpos cubiertos de escamas. «¡Loco! Recibe el castigo que mereces por tu crimen temerario!», exclamó la voz terrible de la salamandra coronada, que apareció por encima de las serpientes como un resplandor cegador, y sus fauces abiertas comenzaron a lanzar cataratas de fuego sobre Anselmo, que sintió que se enfriaban alrededor de su cuerpo, formando como una masa de hielo. Y al tiempo que sus miembros se entumecían más y más, perdió el conocimiento. Cuando volvió en sí, no se podía mover y le parecía estar rodeado de un resplandor brillante, contra el que tropezaba en el momento en que trataba de moverse o de levantar una mano.

—¡Ah!, estaba metido en un frasco de cristal, muy bien tapado, encima de un estante de la biblioteca del archivero Lindhorst.

DÉCIMA VELADA

Tengo mis razones para dudar, querido lector, de que
alguna vez te hayas visto encerrado en un frasco de cristal, a no ser que en sueños un monstruo mágico te haya
aprisionado de esa manera; de ser así, fácilmente te darás
cuenta de la tristeza del estudiante; pero si no has soñado
nada semejante, entonces por unos momentos encierra tu
fantasía conmigo y con Anselmo dentro del cristal.

Te sientes bañado por una claridad cegadora; todos los
objetos te parecen iluminados por los brillantes colores
del arco iris...; todo tiembla y oscila y vibra en esa claridad...; nada inmóvil y como en un éter helado, que te
oprime de manera que el cuerpo, muerto, no obedece a las
intimaciones del espíritu... Cada vez más pesada, sientes
sobre tu pecho la abrumadora carga...; los suspiros consu-
men más y más el cefirillo que llena el estrecho recinto...;
tus venas se hinchan... y, atravesados de terror espantoso,
tus nervios saltan, reventando en una lucha a muerte.

Compadécete, querido lector, del estudiante Anselmo,
que tiene que sufrir este inenarrable martirio en su prisión
de cristal, comprendiendo que la muerte no habría de libe-
rarle, pues apenas volvió en sí del desmayo en que le su-
mió su desgracia, comenzó a dar en el cuarto el claro sol
de la mañana y empezó nuevamente su martirio. No podía
mover ningún miembro, y sus pensamientos se estrellaban
contra el cristal, ensordeciéndolo con sus sonidos estri-

dentes y, en lugar de las palabras que otras veces le solía dirigir el espíritu, sólo escuchaba el rumor de la locura.

Entonces, en medio de su desesperación, comenzó a gritar:

—¡Serpentina, Serpentina, sálvame de este tormento infernal!

Le pareció como si a su alrededor sintiera suspiros suaves que se colocaron en el frasco como hojas verdes y transparentes de saúco; los sonidos se apagaron, el brillo cegador se oscureció y respiró libremente.

—¿No soy yo el culpable de mi desgracia? ¿No he cometido un crimen contra ti, hermosa Serpentina? ¿No he sido capaz de dudar de ti? ¿No he perdido la fe y con ella todo lo que me podía hacer feliz?... ¡Ah, nunca serás mía; para mí está perdido el puchero de oro; no volveré a contemplar ninguna maravilla! ¡Ah, si se me permitiera verte una sola vez, querida Serpentina!

Así se lamentaba el estudiante Anselmo, profundamente emocionado; entonces oyó decir a su lado:

—No sé lo que quiere usted, señor estudiante. ¿Por qué se lamenta usted de esa manera?

El estudiante advirtió que junto a él, en el mismo estante, había cinco frascos, en los cuales vio a tres alumnos de la Santa Cruz [14] y dos pasantes de abogado.

—¡Ah señores míos y compañeros de desgracia! —exclamó—. ¿Cómo es posible que estén ustedes tan resignados y tan contentos como parece por sus rostros? Están ustedes, lo mismo que yo, encerrados en un frasco de cristal, y no se pueden mover, ni siquiera pensar en algo alegre, sin que se arme un ruido endemoniado y sin que les

---

[14] Un instituto de Humanidades de Dresde.

suene la cabeza de un modo terrible. Pero seguramente no creen ustedes en la salamandra y en la serpiente verde.

—Ha dado usted en el clavo, señor estudiante —repuso uno de los alumnos de la Santa Cruz—. Nunca hemos estado mejor que ahora, pues el ducado que nos da el chiflado del archivero por las copias confusas de todas clases nos viene muy bien; no tenemos que aprendernos de memoria ningún coro italiano; vamos todos los días a casa de José o a otra taberna, donde saboreamos encantados las jarras de cerveza, miramos a las muchachas bonitas, cantamos como verdaderos estudiantes *gaudeamus igitur,* y lo pasamos divinamente.

—Estos señores tienen razón —afirmó uno de los pasantes—. Yo también tengo ducados de sobra, lo mismo que mi colega, y prefiero pasear por el Weinberg a escribir actas entre cuatro paredes.

—Pero, señores míos, muy respetables —dijo el estudiante Anselmo—, ¿no advierten ustedes que están todos y cada uno encogidos en frascos de cristal sin poder moverse y, que, por tanto, menos aún han de poder pasear?

Los alumnos de la Santa Cruz y los pasantes soltaron una sonora carcajada, diciendo:

—El estudiante está loco; se figura que está metido en un frasco de cristal, y está en el puente del Elba mirando el agua. Vámonos de aquí.

—¡Ah! —suspiró el estudiante—. Esos no han visto nunca a la bella Serpentina; no saben que la libertad y la vida están en la fe y en el amor; por tanto, no sienten la opresión del encierro en que los ha metido la salamandra a causa de su tontería, de su inteligencia vulgar; pero yo, más desgraciado que ellos, pereceré en el oprobio y en la miseria si ella, a quien amo con toda mi alma, no me salva.

Entonces, se oyó la voz de Serpentina, que decía:

—Anselmo: cree, ama, espera.

Y cada palabra penetraba en la prisión de Anselmo, afinando y ensanchando el cristal de modo que el pecho del prisionero pudo agitarse y respirar.

Lo angustioso de su situación mejoraba de momento en momento, y comprendía que Serpentina le amaba aún y que ella era la que hacía tolerable su permanencia en la vasija de cristal. No se volvió a ocupar de sus aturdidos compañeros de desgracia, sino que dirigió todos sus pensamientos y su interés a la amada Serpentina.

De pronto sintió un gran ruido en el otro extremo de la habitación. Al momento advirtió que el ruido salía de una cafetera vieja, con la tapa medio rota, que estaba frente a él en un armario pequeño. Conforme la miraba iba adquiriendo los rasgos repugnantes de un arrugado rostro de mujer, y delante del estante en el que se hallaba Anselmo terminó por presentarse la vendedora de manzanas de la Puerta Negra, la cual, haciendo gestos y riendo, gritaba con voz chillona:

—¡Vaya, vaya, niñito! ¿Piensas perseverar? Ya has caído en cristal... ¿No te lo predije?

—Insulta y búrlate, maldita vieja —dijo el estudiante Anselmo—. Tú tienes la culpa de todo; pero ya dará contigo la salamandra, despreciable zanahoria.

—Vamos, vamos —repuso la vieja—, no tanto orgullo; has pisoteado a mis hijitos, me has quemado las narices, y aún te respeto, pillo, porque antes fuiste buena persona y porque mi hijita no te es indiferente; pero no saldrás de dentro del cristal si yo no te ayudo. Alargarme hasta ti no puedo; pero mi comadre la rata, que vive debajo de ti, en el suelo, puede roer la tabla sobre la que estás, y tú te tambalearás, y al caer te recogeré en el delantal para que no te rompas las narices, sino que recobres tu lindo rostro, y te llevaré volando a casa de la señorita Verónica, con la cual te casarás cuando seas consejero.

—Vete de mi lado, engendro de Satanás —gritó el estudiante lleno de ira—. Tus malditas artes me han llevado a cometer el crimen que estoy purgando. Pero lo sufriré con paciencia todo, pues sólo aquí puedo estar: este es el sitio en que mi adorada Serpentina me rodea de amor y de consuelo. Escucha, vieja, y desespérate: aunque desafíe a tu poder, amo para toda mi vida a Serpentina...; no seré nunca consejero...; nunca miraré a Verónica, que por tu mediación me ha conducido al mal. Si la serpiente verde no puede ser mía, moriré de pena y de dolor. Largo de aquí..., largo de aquí..., despreciable.

La vieja se echó a reír, resonando su risa en la habitación, y exclamó:

—Entonces quédate ahí y perece; ahora ya es tiempo de obrar, pues mi cometido aquí es de otra clase.

Se quitó la capa negra y se quedó en una asquerosa desnudez; empezó a dar vueltas en círculo, haciendo aparecer grandes folios, de los cuales arrancó hojas de pergamino, y uniéndolas con habilidad las colocó en el cuerpo, quedando vestida con una especie de armadura de escamas. Del tintero que estaba encima de la mesa, salió el gato echando fuego por los ojos, y maullando se precipitó sobre la vieja, que lanzó un grito de júbilo, y los dos desaparecieron por la puerta. Anselmo vio que se dirigían a la biblioteca azul, y en seguida oyó en la lejanía silbar y aullar; los pájaros del jardín alborotaban, el papagayo gritaba: «¡Socorro, socorro! ¡Al ladrón, al ladrón!».

En el mismo momento entró de nuevo la vieja en el cuarto con el puchero de oro entre sus brazos y gritando con ademanes horribles:

—¡Victoria, victoria!... ¡Hijito mío, mata a la serpiente verde, anda, hijito, anda!

A Anselmo le pareció que oía un gemido profundo y la voz de Serpentina. Se sintió poseído de furor y desesperación. Reunió todas sus fuerzas; apretó el cristal con tal violencia que parecía que las venas y los nervios se le iban a saltar... Y el archivero apareció en la puerta con su batín de damasco.

—¡Eh, eh, canalla, fantasmas estúpidos..., brujerías!... ¡Aquí, aquí! —exclamó.

A la vieja se le erizaron los cabellos, sus ojos hundidos brillaron con fuego infernal, y apretando los afilados dientes de su boca monstruosa, silbó:

—¡Vivo, vivo; fuera!... ¡Sus, fuera!... ¡Sus, fuera!...

Y se reía y bailaba, mofándose y haciendo burla y apretando contra sí el puchero de oro, al tiempo que sacaba de él puñados de tierra brillante y se los echaba al archivero; pero en cuanto la tierra tocaba el batín se convertía en flores, que caían al suelo. Los lirios del batín oscilaron y se incendiaron, y el archivero se los tiró a la vieja conforme ardían, haciéndola aullar de dolor; pero mientras ella daba saltos en el aire, agitando los trozos de pergamino de sus armaduras, los lirios se apagaban y se convertían en cenizas.

—¡Vivo, vivo, hijo mío! —gritó la vieja.

Y a su voz salió el gato saltando, y se lanzó desde la puerta sobre el archivero; pero el papagayo gris, revoloteando, fue a su encuentro, y con el pico encorvado le cogió por el morrillo, haciéndole brotar sangre, y al mismo tiempo se oyó la voz de Serpentina, que decía:

—¡Salvada! ¡Salvada!

La vieja dio un salto llena de ira y de desesperación, poniéndose fuera del alcance del archivero; tiró el puchero detrás de sí y quiso, alargando los dedos sarmentosos, hacer presa al archivero; pero este dejó caer el batín y se lo echó encima a la vieja. De las hojas de pergamino salieron silbando, chisporroteando, ululando, unas llamas azules, y la bruja se revolvía con aullidos de dolor, y se esforzaba en sacar del puchero puñados de tierra, en arrancar de los libros más y más hojas de pergamino para apagar las llamas, pues en cuanto conseguía echar sobre ellas un poco de tierra o unas tiras de pergamino se apagaba el fuego. Entonces, como de dentro del archivero salieron una especie de rayos luminosos que envolvieron a la bruja.

—¡Viva, viva! ¡Dentro y fuera, victoria a la salamandra! —exclamó el archivero con voz estentórea, que resonó por todos los rincones de la habitación, al tiempo que mil rayos formaban un círculo de fuego en derredor de la vieja, que no dejaba de chillar.

Bramando y gritando con furia rodaron el gato y el papagayo, logrando este, por fin, arrojar al suelo con sus alas al gato, y sosteniéndose con las garras y obligándole a aullar de dolor en angustias de muerte, con su fuerte pico le sacó los ojos de fuego, y de sus cuencas brotó espuma ardiendo.

Se armó un gran alboroto en el sitio en que la vieja yacía envuelta entre los pliegues de la bata; sus lamentos y sus aullidos se oían a gran distancia. El humo, que esparcía un olor penetrante, se disipó; el archivero levantó el batín, y debajo sólo había una zanahoria vulgar.

—Respetable señor archivero: aquí le traigo al vencido enemigo —dijo el papagayo, mostrando al archivero un pelo negro que llevaba en el pico.

—Muy bien, querido —respondió el archivero—; aquí está también mi derrotada enemiga. Ocúpate ahora de lo demás; hoy, como premio, te darán seis cocos y unas lentes nuevas, porque veo que el gato te ha roto de mala manera las que tenías.

—Largos años de vida a los suyos, respetable amigo y protector —repuso el papagayo muy contento.

Cogió en el pico la zanahoria y salió volando por la ventana que el archivero Lindhorst le abriera. Este cogió el puchero de oro y gritó:

—¡Serpentina! ¡Serpentina!

Cuando el estudiante Anselmo, muy satisfecho por la derrota de la miserable vieja, contemplaba al archivero, se encontró con la figura majestuosa del príncipe de las tinieblas, que le miraba atentamente.

—¡Anselmo! —exclamó el príncipe—. No tú, sino un príncipe enemigo que trataba de penetrar en tu interior y ponerte a mal contigo mismo fue la causa de tu incredulidad. Has ganado mi confianza; sé libre y feliz.

Un estremecimiento sacudió a Anselmo; el sonido alegre de las campanillas de cristal se hizo más y más perceptible que nunca... Sus nervios y sus fibras se conmovieron...; los acordes sonaban cada vez más claros en el cuarto... El cristal que encerraba a Anselmo saltó en pedazos, y él fue a parar a los brazos de su adorada Serpentina.

UNDÉCIMA VELADA

LA CONTRARIEDAD DEL PASANTE PAULMANN POR HABER INVADIDO SU CASA DE LOCURA.—DE CÓMO EL REGISTRADOR HEERBRAND FUE NOMBRADO CONSEJERO Y CON GRAN FRÍO SE PASEÓ CON ZAPATOS Y MEDIAS DE SEDA.—CONFESIÓN DE VERÓNICA.—PROMESA DE CASAMIENTO JUNTO A LA SOPERA HUMEANTE

—Pero dígame usted, querido registrador, ¿cómo se nos subió a la cabeza el maldito ponche de ayer y nos hizo cometer toda clase de tonterías?

Así decía el pasante Paulmann al entrar a la mañana siguiente en la habitación, que estaba llena de cacharros rotos y en cuyo centro la desdichada peluca, con sus tirabuzones deshechos, nadaba en el ponche.

Cuando el estudiante Anselmo salió corriendo por la puerta, el registrador y el pasante danzaron por el cuarto gritando como demonios, dándose de cabezazos, hasta que Francisca logró, con mucho trabajo, arrastrar a su atontado padre a la cama, mientras el registrador, muy excitado, caía sobre el sofá, que Verónica abandonara para meterse en su cuarto, maldiciendo. El registrador Heerbrand se había puesto su pañuelo por la cabeza; estaba muy pálido, y con tono melancólico respondió:

—¡Ah señor pasante, no fue el ponche, que estaba perfectamente preparado por la señorita Verónica, no!... El estudiante maldito es el que tiene la culpa de todo. ¿No ha notado usted que hace mucho tiempo está *mentecaptus?* [15]. ¿Y no sabe usted que la locura se contagia? Un loco hace ciento, y perdone que cite un adagio antiguo; especialmente cuando se ha bebido un vasito, se cae con facilidad en la extravagancia, y sin poderlo remediar se hacen tonterías y se imitan las acciones que inicia el chiflado director. ¿Cree usted, señor pasante, que no me parece completamente tonto haber creído en el papagayo gris?

—¡Ah! ¡Qué gracia! —replicó el pasante—. Era el criadito del archivero, que llevaba una capa gris y venía a buscar al estudiante.

—Esto será —replicó el registrador—; pero he de con-

---

[15] Loco.

fesar que lo he pasado muy mal, pues toda la noche le he estado oyendo silbar y graznar.

—Sería yo —aclaró el pasante—, que ronco muy fuerte.

—Así será —repuso el registrador—. Pero, ¡señor pasante, señor pasante!, yo tenía mis razones para preparar ayer una diversión..., y el estudiante me lo echó todo a perder... Usted no sabe... ¡Oh señor pasante, señor pasante!

El registrador Heerbrand se levantó de un salto, se quitó el pañuelo de la cabeza, abrazó al pasante, le apretó la mano con entusiasmo, y repitió con voz lastimera:

—¡Oh señor pasante, señor pasante!

Y tomando su sombrero y su bastón, salió de allí precipitadamente.

«El estudiante no volverá a poner los pies en mi casa —dijo el pasante Paulmann para sus adentros—, pues ahora veo claro que con sus locuras contagia a las personas más sensatas; el registrador está también un poco perturbado...; yo aún me he podido librar; pero el demonio, que ayer en la borrachera sacó la cabeza, podría por fin meterse del todo en casa y conseguir su objetivo... Por tanto, *apage Satanas!* [16] (¡fuera el estudiante!).

Verónica se había quedado muy preocupada, no hablaba una palabra, no se reía sino rara vez y prefería estar sola.

—Aún se acuerda del estudiante —decía el pasante, malicioso—; pero es mejor que no se deje ver; porque me tiene miedo...; por eso no aparece por aquí.

Las últimas palabras las pronunció el pasante en voz alta, y entonces a Verónica, que estaba sentada frente a él, se le llenaron los ojos de lágrimas, y dijo suspirando:

---

[16] Fuera de aquí, Satanás.

—¿Cómo podría el estudiante Anselmo venir? Está hace mucho tiempo encerrado en un frasco de cristal.

—¿Qué dices? —preguntó el pasante—. ¡Ay Dios mío, Dios mío! También esta padece la misma enfermedad del registrador y cualquier día le dará un ataque... ¡Ah, maldito Anselmo!

Salió corriendo en busca del doctor Eckstein, el cual se echó a reír al escuchar su relato y exclamó:

—¡Vaya, vaya!

No recetó nada, y a los pocos que le preguntaban respondía evasivamente:

—Nervios..., se le curará solo...; aire libre..., paseos en coche..., distracciones..., teatros... *Sonntagskind, Schwestern von Prag...* [17]. Eso es lo que le conviene.

«Pocas veces ha sido el doctor tan comedido, pues por lo común es bastante charlatán», pensaba el pasante.

Transcurrieron días, y semanas y meses. Anselmo había desaparecido, y tampoco se dejaba ver el registrador Heerbrand, hasta que el 4 de febrero a las doce en punto de la mañana se presentó en casa del pasante Paulmann, con un traje de última moda y de muy buen paño, medias de seda y zapatos, a pesar del gran frío que hacía, y un gran ramo de flores naturales en la mano, dejándole asombrado con su lujo. Con mucha gravedad se dirigió el registrador al pasante, le abrazó con prosopopeya y comenzó a decir:

—Hoy, día del santo de su respetable hija Verónica, quiero decirle a usted lo que tengo guardado ha mucho tiempo. Hace días, la desgraciada noche en que saqué de mi bolsillo los ingredientes para aquel malhadado

---

[17] Operetas de Wenzel Müller, letra de Perinet (1793 y 1794).

ponche, tenía intención de darles una buena noticia y celebrar el día feliz con alegría; aquel día supe que había sido nombrado consejero, y hoy traigo en el bolsillo la patente de tal ascenso *cum nomine et sigillo principis*[18].

—¡Ah, ah!, señor registrador..., es decir, señor consejero —balbuceó el pasante.

—Pero usted, querido pasante —continuó el consejero novel—, usted puede colmar mi felicidad. Hace mucho tiempo que amo a la señorita Verónica en secreto, y por algunas miradas amables de ella me permito suponer que no he de ser rechazado. En una palabra, querido pasante: yo, el consejero Heerbrand, le pido la mano de su amada hija la señorita Verónica, con la cual, si usted no tiene nada que oponer, pienso casarme dentro de muy poco.

El pasante Paulmann cruzó las manos lleno de asombro y exclamó:

—¡Ah, ah!, señor regis..., señor consejero quiero decir, ¡quién había de pensarlo! Si Verónica le ama en realidad, por mi parte no tengo nada que objetar. Quizá su tristeza actual no es otra cosa que amor hacia usted, señor consejero; ya conocemos esas jugarretas.

En aquel momento entró Verónica, pálida y descompuesta, como solía estar. El consejero Heerbrand se dirigió a ella, la felicitó por su santo y le entregó el oloroso ramo de flores al tiempo que un paquetito, en el que al abrirlo relucieron un par de hermosos pendientes.

Un ligero rubor tiñó las mejillas de la joven; los ojos le brillaron de alegría, y dijo:

---

[18] Con la firma y el sello del príncipe.

—¡Ah, Dios mío! ¡Si son los mismos pendientes que llevo hace algunas semanas y que tanto me gustan!

—¿Cómo es posible? —exclamó el consejero, un poco contrariado y desconcertado—. ¿Si no hace una hora que he comprado y pagado esta joya en la Schlossgasse?

Pero Verónica no le escuchaba, sino que, poniéndose en pie, se colocó delante del espejo para probar el efecto de los pendientes, que desde luego se colocó en las orejas. El pasante le comunicó, con expresión y tono serio, la distinción de que había sido objeto su amigo Heerbrand y su demanda. Verónica miró al consejero con mirada penetrante y dijo:

—Hace mucho tiempo que sabía que usted deseaba casarse conmigo. Sea, pues. Le ofrezco mi mano y mi corazón; pero tengo que hacerle..., mejor dicho, que hacerles a usted y a mi padre una confesión que me pesa sobre el corazón y he de hacerla ahora mismo, aunque se enfríe la sopa, que, según veo, Francisca ha puesto ya en la mesa.

Sin esperar la respuesta de su padre ni del registrador, a pesar de que los dos tenían las palabras en los labios, continuó Verónica:

—Puede usted creerme, querido padre, que yo amaba de veras a Anselmo, y cuando el registrador Heerbrand, que ahora es consejero, aseguraba que el estudiante llegaría a ser algo, decidí que él y nadie más fuese mi marido. Como al parecer había algunos seres enemigos que intentaban arrebatármelo, fui a casa de la vieja Elisa, que en otro tiempo fue mi niñera y ahora es hechicera. Esta me prometió ayudarme para conseguir que Anselmo cayera en mis manos. Fuimos las dos, a la medianoche del día del equinoccio, a la encrucijada de los caminos; ella conjuró al espíritu infernal, y con ayuda del gato negro consiguieron sacar a relucir un espejo de metal en el que, dirigiendo mis pensamientos a Anselmo, miré atentamente, con objeto de dominarle por completo. Pero hoy me arrepiento de haberlo hecho; abjuro de todas las artes de Satanás. La salamandra ha vencido a la vieja; yo oí sus lamentos, pero no pude ayudarla; y en cuanto desapareció, comida por el papagayo en figura de zanahoria, se rompió mi espejo de metal.

Verónica sacó los dos pedazos del espejo roto, juntamente con un rizo, del cesto de costura, y entregando ambas cosas al consejero Heerbrand, continuó:

—Tome usted, querido consejero, los trozos del espejo; esta noche a las doce tírelos por el puente del Elba en el sitio precisamente en que está la cruz [19], que nunca se hiela, y guárdese el rizo en señal de fidelidad. De nuevo abjuro de las artes de Satanás, y no envidio a Anselmo su dicha, pues ya está unido a la serpiente verde, que es mucho más hermosa y más rica que yo. Y procuraré, señor consejero, amarle y respetarle como una esposa honrada.

—¡Dios mío! ¡Dios mío! —exclamó el pasante Paulmann—. Está loca, está loca...; no puede ser esposa de un consejero..., está loca.

—No lo crea usted —repuso el consejero Heerbrand—. Sé perfectamente que la señorita Verónica sentía cierta inclinación hacia el estudiante condenado, y puede ser que en un momento de sobreexcitación haya acudido a la adivinadora, que me figuro no puede ser otra que la echadora de cartas y moledora de café de la Seethor, es decir,

---

[19] El Augustusbrücke de Dresde tiene una cruz de piedra en el quinto arco, que el 31 de marzo de 1845 fue derribado por una crecida.

la vieja Rauerin. No se puede negar tampoco que posee artes secretas, con las cuales manifiesta su enemistad a las personas. Eso ya lo sabemos de antiguo; pero lo que Verónica dice de la victoria de la salamandra y del casamiento con la serpiente verde no es más que una alegoría poética, o sea una poesía con la que cantan los estudiantes su despedida.

—¿Es que cree usted, querido consejero —dijo Verónica a tal punto—, que lo que yo he dicho es una locura?

—De ninguna manera —repuso Heerbrand—, pues de sobra sé que Anselmo está en poder de las fuerzas ocultas que lo zarandean con toda clase de recursos extraordinarios.

El pasante no pudo contenerse más y dijo impaciente:

—Basta ya, por Dios, basta. ¿Es que hemos vuelto a emborracharnos con el maldito ponche, o que los que tienen en su poder a Anselmo también nos manejan a nosotros? Señor consejero, ¿qué tonterías son esas que está usted diciendo? Quiero creer que es el amor el que le ha trastornado algo, y espero que con la boda mejorará. Si no, sería para mí una preocupación emparentar con un loco, y no estaría tranquilo pensando en la descendencia, que siempre hereda los males de los padres. Quiero dar mi bendición paterna a este matrimonio y os permito que os beséis como novios.

Así lo hicieron y, antes de que la sopa se enfriase, quedó formalizada la petición de mano. Algunas semanas después, la consejera Heerbrand, como se lo imaginara hacía mucho tiempo, estaba sentada en la terraza de una linda casa de la plaza, mirando, sonriente, a los elegantes que pasaban por allí, y que, dirigiéndole sus impertinencias, decían: «La verdad es que la mujer del consejero Heerbrand está muy bien...».

DUODÉCIMA VELADA

NOTICIAS DE LA FINCA QUE RECIBIÓ ANSELMO COMO YERNO
DEL ARCHIVERO LINDHORST Y DE CÓMO VIVÍA EN ELLA CON
SERPENTINA.—FIN

Mucho me alegraría poder expresar la gran satisfacción del estudiante Anselmo, que, unido íntimamente con la hermosa Serpentina, se trasladó al reino maravilloso y oculto que consideraba su patria y en el que hacía mucho tiempo anhelaba penetrar. Pero sería imposible, querido lector, darte una idea exacta de las maravillas que rodeaban a Anselmo; las palabras no son suficientes para expresarlas. Me siento preso en la pobreza y pequeñez de la vida diaria, vagando como un sonámbulo; en una palabra, estoy en la misma situación en que estaba el estudiante cuando te hablé de él en la tercera velada.

Mucho me aflijo cuando, terminada felizmente la undécima velada, la leía de nuevo, y pensé que necesitaba escribir la duodécima como final, pues cada vez que por la noche me disponía a trabajar, me parecía que unos duendecillos pérfidos —quizá parientes de la bruja muerta— me colocaban delante una plancha de metal bruñido, en el que veía reflejada mi propia imagen, pálida, desencajada por la mala noche, melancólica como la del registrador Heerbrand después del ponche famoso. Solía dejar la pluma y marcharme a la cama, para por lo menos soñar con el feliz Anselmo y la bella Serpentina. Esto duró varias noches, cuando, al fin, y sin esperarlo, recibí una carta del archivero Lindhorst, en la que me decía lo siguiente:

Caballero: Sé perfectamente que en la undécima velada ha descrito la suerte de mi yerno, el en un tiempo estudiante y hoy poeta Anselmo, lamentándose sobre ella, y que ahora ha tratado en la duodécima de decir algo de su vida feliz en Atlantis, donde se trasladó con mi hija, instalándose en la posesión que tengo allí. Aunque no veo de buen grado que comunique a los lectores mi verdadera personalidad, pues ello podría acarrearme algunas contrariedades como archivero, llegándose a discutir en el Colegio la cuestión de si una salamandra está capacitada para desempeñar servicios del Estado bajo juramento, y, sobre todo, hasta qué punto se le puede confiar negocios importantes, pues, según Gabalis y Swedenborg [20], no se debe confiar en los espíritus...; a pesar de que ahora mis amigos me huirán, creyendo que en un momento de furor puedo comenzar a echar chispas y quemarles sus pelucas o su levita dominguera...; a pesar de todo esto, quiero serle útil en la terminación de su obra, que contiene muchas cosas agradables para mí y para mi hija casada —ya quisiera yo que las otras estuvieran tan bien colocadas—. Si quiere usted, pues, escribir la duodécima velada, baje sus condenados cinco pisos, abandone su cuartito y venga a mi casa. En el cuarto azul de las palmeras, que ya conoce, encontrará los materiales para escribir, y con pocas palabras podrá comunicar a los lectores lo que vea, que siempre les será más útil que una larga relación de mi vida que usted sólo conoce de oídas. Con todo respeto se despide su afectísimo,

> LA SALAMANDRA LINDHORST,
> *pro tempore, real archivero particular.*

Esta carta del archivero Lindhorst, amable, aunque algo áspera, me agradó mucho. Al parecer, era seguro que el maravilloso viejo estaba enterado del modo como

---

[20]   El protagonista de un libro cabalístico, *Le comte de Gabalis, ou Entretiens sur les sciences secrètes, par N. de Montfaucon, abbé de Villars,* publicado en París en 1670, en Amsterdam en 1715 y en Londres en 1742.

Swedenborg, teósofo (1688-1772) que aseguraba haber tenido visiones y revelaciones de los espíritus y fue el fundador de un nacionalismo fantástico.

me llegó noticia de la suerte de su yerno, el cual, por haber prometido el más absoluto silencio, a ti mismo, querido lector, te he ocultado, y no lo tomó tan a mal como era de temer. Me ofrecía su ayuda para terminar la obra, y por ello podía deducir con fundamento que en el fondo estaba conforme con que se diese a conocer por medio de la imprenta su extraña existencia en el mundo de los espíritus. Es posible, pensaba yo, que abrigue la esperanza de que así será más fácil que las dos hijas que le quedan encuentren marido, pues quizá una chispa prenda en algún joven, despertando en él el anhelo por la serpiente verde, a la cual luego buscaría bajo el saúco en el día de la Ascensión. En cuanto a la desgracia ocurrida a Anselmo cuando fue encerrado en el frasco de cristal, le podía servir de aviso para librarse de la duda y de la incredulidad.

A las once en punto apagué mi lámpara de trabajo y me dirigí a la casa del archivero Lindhorst, que me estaba esperando en el vestíbulo.

—Ya está usted aquí, caballero... Me alegro mucho de que haya comprendido mi buena intención... Venga conmigo.

Y me guió a través del jardín, iluminado con luz cegadora, hasta el aposento azul celeste en el que vi la mesa cubierta de color violeta en la que trabajó el estudiante. El archivero Lindhorst desapareció, volviendo a entrar al momento con una hermosa copa de oro, de la que brotaba una llama azul.

—Aquí le traigo —dijo— la bebida predilecta de su amigo, el maestro de capilla Kreisler. Es *arrak* quemado, al que he añadido algo de azúcar. Saboree un poco. Voy a quitarme el batín, y por gusto, y para gozar de su compañía mientras está usted ahí sentado escribiendo, subiré y bajaré a la copa.

—Si lo hace por gusto, muy bien, señor archivero —repuse yo—; pero si es para que yo disfrute de la bebida, no se moleste.

—No se preocupe, mi buen amigo —exclamó el archivero al tiempo que se quitaba el batín.

Y con gran asombro por mi parte se subió a la copa y desapareció entre las llamas. Sin ningún miedo, y apartando las llamas, bebí de aquel líquido, que estaba sabrosísimo.

. . . .

¿No se mueven con rumor suave las hojas color de esmeralda de las palmeras, como acariciadas por el hálito del viento de la mañana? Despiertan de su sueño, se alzan, y tiemblan y susurran, secretamente hablando de las maravillas que como de lejos anuncian misteriosos sonidos de arpa. El azul se separa de las paredes, y como aromática niebla se cierne arriba y abajo, y de entre ella salen los rayos cegadores que como en una atmósfera gloriosa se retuercen, se elevan y van de un lado para otro, subiendo a lo más alto de la inconmensurable bóveda que cubre las palmeras. Los rayos se hacen cada vez más cegadores, hasta que en medio del resplandor del sol se descubre un bosque inmenso, en el que veo a Anselmo. Magníficos jacintos y tulipanes y rosas levantan sus lindas cabezas; su aroma dice en tono amable al dichoso: «Pasea por entre nosotros, querido, puesto que tú nos comprendes... Nuestro aroma es el anhelo del amor...; te amamos y somos tuyos para siempre». Los dorados rayos murmuran al calentar: «Somos fuego encendido por el amor. El aroma es el anhelo, el fuego es el deseo, y nosotros vivimos en tu pecho, formamos parte de ti mismo». Los oscuros matorrales..., los altos árboles susurran y murmuran: «Ven a nosotros, hombre feliz, amado nuestro. El fuego es el deseo y esperanza, nuestra fresca sombra; te arrullaremos con nuestro rumor, ya que tú nos entiendes, porque el amor vive en tu pecho». Las fuentes y los arroyos cantan y repiten: «Amado, no pases junto a nosotros tan de prisa, mira nuestro cristal... Tu imagen vive en nosotros, que somos constantes en nuestro amor, porque tú nos has comprendido». Y los pajarillos de colores pían y cantan: «Escúchanos, escúchanos: somos la alegría, el goce, el encanto del amor».

Anselmo, lleno de ansiedad, contempla el templo magnífico que se eleva en la lejanía. Sus artísticas columnas semejan árboles, y sus capiteles y sus molduras, hojas de acanto, que forman hermosas decoraciones con adornos y figuras. Anselmo se dirige al templo; contempla con íntima alegría el mármol policromo, los peldaños maravillosamente veteados.

—No —dice como en el colmo del entusiasmo—, ya no está lejos.

Entonces, magníficamente ataviada y resplandeciente de belleza sale del templo Serpentina, con el puchero de oro en la mano, del cual brota un hermoso lirio. Su rostro lleva impresa una expresión inenarrable de arrobo y sus divinos ojos brillan con infinita ternura; sus miradas se dirigen a Anselmo, y le dice:

—Amado mío: el lirio ha abierto su cáliz, hemos llegado a la meta. ¿Habrá en el mundo una felicidad comparable a la nuestra?

Anselmo la abraza con apasionamiento...; los lirios irradian sus rayos de fuego. Los árboles y los arbustos se agitan con violencia...; los arroyos corren murmuradores...; en el aire se escucha un gorjeo jubiloso...; en el agua..., en la tierra se celebra la fiesta del amor... Luego, de entre los arbustos, brotan relámpagos luminosos...; de los ojos ardientes de la tierra brotan diamantes...; de las fuentes, manantiales saltarines...; aromas embriagadores embalsaman el aire...; son los espíritus, que rinden homenaje al lirio y anuncian a Anselmo la felicidad.

Anselmo levanta la cabeza como rodeado de un nimbo de sabiduría... ¿Son miradas?... ¿Son palabras?... ¿Es un cántico?... Distintamente, se oye: «Serpentina..., la fe en ti, el amor, me han descubierto los profundos secretos de la naturaleza... Me trajiste el lirio que nació del oro, de las entrañas de la tierra, aun antes de que Fósforo iluminase el pensamiento... Él representa el conocimiento de la armonía de todos los seres, y en esta armonía vivo feliz desde aquel momento... Sí, yo, bienaventurado, he conocido lo más alto...; te he de amar eternamente, Serpentina querida..., nunca se marchitarán las doradas hojas del lirio, pues lo mismo que la fe y el amor, es eterna la ciencia».

. . . .

La visión que trajo ante mí a Anselmo en su hacienda de Atlantis se la debo, ciertamente, a las artes de la salamandra; y lo asombroso fue que cuando aquella se desvaneció como una niebla, encontré todo el relato escrito en un papel, sobre la mesa cubierta de terciopelo violeta. Y entonces me sentí traspasado y desgarrado por un súbito dolor.

¡Oh Anselmo! Dichoso tú, que has conseguido desprenderte de la carga de la vida vulgar y refugiarte en el amor de la hermosa Serpentina y vives feliz y alegre en tu posesión de Atlantis. Pero yo, pobre de mí..., pronto..., dentro de unos minutos, habré salido de este magnífico salón, que no es, sin embargo, una finca de Atlantis, y me veré en mi buhardilla, preocupado con las minucias de la vida miserable y con mi vista atraída por tantas desgracias que la rodean como de una niebla, que no me será posible ver nunca el lirio.

El archivero Lindhorst me tocó en el hombro con suavidad, diciéndome:

—Vamos, vamos, amigo mío, no se lamente de ese modo. ¿No ha estado usted hace un momento en Atlantis y no tiene usted allí una linda posesión en la poesía que llena su inteligencia? ¿Qué es la felicidad de Anselmo sino la vida en la poesía, la cual le ha hecho comprender la sagrada armonía de todos los seres, que constituye el profundo secreto de la naturaleza?

EL CASCANUECES Y EL REY
DE LOS RATONES

LA NOCHEBUENA

El día 24 de diciembre, los niños del consejero de Sanidad, Stahlbaum, no pudieron entrar en todo el día en el *hall,* y mucho menos en el salón contiguo. Refugiados en una habitación interior estaban Federico y María; la noche se venía encima y les fastidiaba mucho que —cosa corriente en días como aquel— no se ocuparan de ponerles luz. Federico descubrió, diciéndoselo muy callandito a su hermana menor —apenas tenía siete años—, que desde por la mañana muy temprano había sentido ruido de pasos y unos golpecitos en la habitación prohibida. Hacía poco también que se deslizó por el vestíbulo un hombrecillo con una gran caja debajo del brazo, que no era otro sino el padrino Drosselmeier. María palmoteó alegremente, exclamando:

—¿Qué nos habrá preparado el padrino Drosselmeier?

El magistrado Drosselmeier no era precisamente un hombre guapo; bajito y delgado, tenía muchas arrugas en el rostro; en el lugar del ojo derecho llevaba un gran parche negro, y disfrutaba de una enorme calva, por lo cual llevaba una hermosa peluca, que era de cristal[1] y una verdadera obra maestra. Además, el padrino era muy habilidoso; entendía mucho de relojes y hasta sabía hacerlos. Cuando uno de los hermosos relojes de casa de Stahlbaum se descomponía y no daba la hora ni marchaba, se presentaba el padrino Drosselmeier, se quitaba la peluca y el gabán amarillo, se anudaba un delantal azul y comenzaba a pinchar el reloj con instrumentos puntiagudos que a la pequeña María le solían producir dolor pero que no se lo hacían al reloj, sino que le daban vida, y al poco comenzaba a marchar y a sonar, con gran alegría de todos. Siempre que iba llevaba en el bolsillo cosas bonitas para los niños: un hombrecito que movía los ojos y hacía reverencias muy cómicas, una cajita de la que salía un pajarito, u otra cosa. Pero en Navidad siempre preparaba algo artístico, que le había costado mucho trabajo, por lo cual, en cuanto lo veían los niños, lo guardaban cuidadosamente los padres.

—¿Qué nos habrá hecho el padrino Drosselmeier? —repitió María.

Federico opinaba que no debía de ser otra cosa que una fortaleza, en la cual pudiesen marchar y maniobrar muchos soldados, y luego vendrían otros que querrían entrar en la fortaleza, y los de dentro los rechazarían con los cañones, armando mucho estrépito.

—No, no —interrumpía María a su hermano—: el padrino me ha hablado de un hermoso jardín con un gran lago en el que nadaban blancos cisnes con cintas doradas en el cuello, y que cantaban las más lindas canciones. Y luego venía una niñita, que al llegar al estanque llamaba la atención de los cisnes, y les daba mazapán.

---

[1]   Antiguamente se fabricaban pelucas de hilos finísimos de cristal.

—Los cisnes no comen mazapán —repitió Federico, un poco grosero—, y tampoco puede el padrino hacer un jardín grande. La verdad es que tenemos muy pocos juguetes suyos; en seguida nos los quitan; por eso prefiero los que papá y mamá nos regalan, pues esos nos los dejan para que hagamos con ellos lo que queramos.

Los niños comentaban lo que aquella vez podría ser el regalo. María pensaba que la señorita Trudi —su muñeca grande— estaba muy cambiada, porque, poco hábil como siempre, se caía al suelo a cada paso, sacaba de las caídas bastantes señales en la cara y así era imposible que estuviera limpia. No servían de nada los regaños, por fuertes que fuesen. También se había reído mamá cuando vio que le gustaba tanto la sombrilla nueva de Margarita. Federico pretendía que su cuadra carecía de un alazán y que sus tropas estaban escasas de caballería, y eso su padre lo sabía muy bien. Los niños sabían de sobra que sus papás les habrían comprado toda clase de bonitos regalos, que se ocupaban en colocar; también estaban seguros de que, junto a ellos, el Niño Jesús los miraría con ojos bondadosos, y que los regalos de Navidad esparcían un ambiente de bendición, como si los hubiese tocado la mano divina. A propósito recordaban los niños, que sólo hablaban de esperados regalos, que su hermana mayor, Elisa, les decía que era el Niño Jesús el que les enviaba, por mano de los padres, lo que más les pudiera agradar. Él sabía mucho mejor que ellos lo que les proporcionaría placer, y los niños no debían desear nada, sino esperar tranquila y pacientemente lo que les dieran. La pequeña María se quedó muy pensativa; pero Federico se decía en voz baja:

—Me gustaría mucho un alazán y unos cuantos húsares.

Había oscurecido por completo. Federico y María, muy juntos, no se atrevían a hablar una palabra; les parecía que en derredor suyo unas alas revoloteaban muy suavemente y que a lo lejos se oía una música deliciosa. En la pared se reflejó una gran claridad, lo que hizo suponer a los niños que Jesús ya se había presentado a otros niños felices. En el mismo momento sonó un tañido argentino: «Tilín, tilín». Las puertas se abrieron de par en par y del salón grande salió tal claridad, que los chiquillos exclamaron a gritos: «¡Ah!... ¡Ah!...» y permanecieron como extasiados, sin moverse. El padre y la madre aparecieron en la puerta; tomaron a los niños de la mano y les dijeron:

—Venid, venid, queridos, y veréis lo que el Niño Dios os ha regalado.

LOS REGALOS

A ti me dirijo, amable lector u oyente, Federico..., Teodoro..., Ernesto, o como te llames, rogándote que te imagines el último árbol de Navidad, adornado de regalos preciosos; de ese modo, podrás darte exacta cuenta de cómo estaban los niños; quietos, mudos de entusiasmo, con los ojos muy abiertos; y sólo después de transcurrido un buen rato la pequeña María articuló, dando un suspiro:

—¡Qué bonito!... ¡Qué bonito!

Y Federico intentó dar algunos saltos, que le salieron muy bien. Para conseguir aquel momento los niños habían tenido que ser buenos durante todo el año, pues en ninguna ocasión les regalaban cosas tan bonitas como en esta. El gran árbol, que estaba en el centro de la habitación, tenía muchas manzanas, doradas y plateadas, y figuraban capullos y flores, almendras garapiñadas y bombones envueltos en papeles de colores, y toda clase de golosinas, que colgaban de las ramas. Lo más hermoso del árbol admirable era que en la espesura de sus hojas oscuras ardía una infinidad de lucecitas, que brillaban como estrellas; y mirando hacia él, los niños suponían que los invitaba a tomar sus flores y sus frutos. Junto al árbol, todo brillaba y resplandecía, siendo imposible de explicar la cantidad de cosas maravillosas que se veían. María descubrió una hermosa muñeca, toda clase de utensilios monísimos y, lo que más bonito le pareció, un vestidito de seda adornado con cintas de colores, que estaba colgado de manera que se le veía desde todas partes, haciéndole repetir:

—¡Qué vestido tan bonito!... ¡Qué precioso!... Y de seguro que me permitirán que me lo ponga.

Entretanto, Federico ya había dado dos o tres veces la vuelta alrededor de la mesa para probar el nuevo alazán que encontrara en ella. Al apearse nuevamente, pretendía que era un animal salvaje, pero que no le importaba y que en él haría la guerra con los escuadrones de húsares, que aparecían muy nuevecitos, con sus trajes dorados y amarillos, sus armas plateadas y montados en sus caballos blancos, que parecían asimismo de plata pura.

Los niños, algo más tranquilos, se dedicaron a mirar los libros de estampas que, abiertos, exponían ante su vista una colección de dibujos de flores, de figuras humanas y de animales, tan bien hechos que parecía iban a hablar; con ellos pensaban seguir entretenidos, cuando volvió a sonar la campanilla. Aún quedaba por ver el regalo del padrino Drosselmeier, y apresuradamente se dirigieron los chiquillos a una mesa que estaba junto a la pared. En seguida desapareció el gran paraguas bajo el cual se ocultaba hacía tanto tiempo, y ante la curiosidad de los niños apareció una maravilla. En una pradera, adornada con lindas flores se alzaba un castillo, con ventanas de espejo y torres doradas. Se oyó una música de campanas, y las puertas y las ventanas se abrieron, dejando ver una multitud de damas y caballeros, chiquitos pero bien proporcionados, con sombreros de plumas y trajes de cola, que se paseaban por los salones. En el central, que parecía estar ardiendo —tal era la iluminación de las lucecillas de las arañas doradas—, bailaban unos cuantos niños, con camisitas cortas y enagüitas, siguiendo los acordes de la música de las campanas. Un caballero, envuelto en una capa esmeralda, se asomaba de vez en cuando a una ventana, miraba hacia fuera y volvía a desaparecer, en tanto que el mismo padrino Drosselmeier, aunque de tamaño como el dedo pulgar de papá, estaba a la puerta del castillo y penetraba en él. Federico, con los brazos apoyados en la mesa, contempló largo rato el castillo y las figuritas, que bailaban y se movían de un lado para otro; luego dijo:

—Padrino Drosselmeier, déjame entrar en el castillo.

El magistrado le convenció de que aquello no podía ser. Tenía razón, y parecía mentira que a Federico se le ocurriera la tontería de querer entrar en un castillo que, contando con las torres y todo, no era tan alto como él. En seguida se convenció. Después de un rato, como las damas y los caballeros seguían paseando siempre de la misma manera, los niños bailando de igual modo, el hombrecillo de la capa esmeralda asomándose a la misma ventana a mirar y el padrino Drosselmeier entrando por aquella puerta, Federico, impaciente, dijo:

—Padrino, sal por la otra puerta que está más arriba.

—No puede ser, querido Federico —respondió el padrino.

—Entonces —repuso Federico— que el hombrecillo verde se pasee con el otro.

—Tampoco puede ser —respondió de nuevo el magistrado.

—Pues que bajen los niños; quiero verlos más de cerca —exclamó Federico.

—Vaya, tampoco puede ser —dijo el magistrado, un poco molesto—; el mecanismo tiene que quedarse como está.

—¿Lo mismo?... —preguntó Federico en tono de aburrimiento—. ¿Sin poder hacer otra cosa? Mira, padrino, si tus almibarados personajes del castillo no pueden hacer más que la misma cosa siempre, no sirven para mucho y no vale la pena asombrarse. No; prefiero mis húsares, que maniobran hacia adelante y hacia atrás, según mi deseo, y no están encerrados.

Y saltó en dirección de la otra mesa, haciendo que sus escuadrones trotasen y diesen la vuelta y cargaran y dispararan a su gusto. También María se deslizó en silencio fuera de allí, pues, lo mismo que a su hermano, le cansaba el ir y venir sin interrupción de las muñequitas del castillo; pero como era más prudente que Federico, no lo dejó ver tan a las claras. El magistrado Drosselmeier, un poco ofendido, dijo a los padres:

—Estas obras artísticas no son para niños ignorantes; voy a volver a guardar mi castillo.

La madre le pidió que le enseñara la parte interna del mecanismo que hacía moverse de un modo tan perfecto a todas aquellas muñequitas. El padrino lo desarmó todo y lo volvió a armar. Con aquel trabajo recobró su buen humor, y regaló a los niños unos cuantos hombres y mujeres pardos, con los rostros, los brazos y las piernas dorados. Eran de Thorn [2] y tenían el olor agradable y dulce del

---

[2] Thorn, ciudad del antiguo reino de Prusia célebre por sus alajús (Pfefferkuchen), unos bollos hechos con una pasta de almendras, nueces, pan rallado y tostado, miel y especia, que tienen un olor y un sabor muy marcados.

alajú, de lo cual Federico y María se alegraron mucho. Luisa, la hermana mayor, se había puesto, por mandato de su madre, el traje nuevo que le regalaran, y María, cuando se tuvo que poner el suyo también, quiso contemplarlo un rato más, cosa que se le permitió de buen grado.

EL PROTEGIDO

María se quedó parada delante de la mesa de los regalos, en el preciso momento en que ya se iba a retirar, por haber descubierto una cosa que hasta entonces no había visto. A través de la multitud de húsares de Federico, que formaban en parada junto al árbol, se veía un hombrecillo, que modestamente se escondía como si esperase a que le llegara el turno. Mucho habría que decir de su tamaño, pues, según se le veía, el cuerpo, largo y fuerte, estaba en abierta desproporción con las piernas, delgadas, y la cabeza resultaba, asimismo, demasiado grande. Su manera de vestir era la de un hombre de posición y gusto. Llevaba una chaquetilla de húsar de color violeta vivo con muchos cordones y botones, pantalones del mismo estilo y unas botas de montar preciosas, de lo mejor que se puede ver en los pies de un estudiante, y mucho más en los de un oficial. Ajustaban tan bien a las piernecillas como si estuvieran pintadas. Resultaba sumamente cómico que con aquel traje tan marcial llevase una capa escasa, mal cortada, que parecía de madera, y una montera de gnomo; al verlo pensó María que también el padrino Drosselmeier usaba un traje de mañana muy malo y una gorra impropia y, sin embargo, era un padrino encantador. También se le ocurrió a María que el padrino tenía una expresión tan amable como el hombrecillo, aunque no era tan guapo. Mientras María contemplaba al hombrecillo, que desde el primer momento le había sido simpático, fue descubriendo los rasgos de bondad que aparecían en su rostro. Sus ojos verde claro, grandes y un poco parados, expresaban agrado y bondad. Le iba muy bien la barba corrida, de algodón, que hacía resaltar la sonrisa amable de su boca.

—Papá —exclamó María al fin—, ¿a quién pertenece ese hombrecillo que está colgado del árbol?

—Ese, hija mía —respondió el padre—, ha de trabajar para todos partiendo nueces, y, por tanto, pertenece a Luisa, lo mismo que a Federico y a ti.

El padre lo cogió y, levantándole la capa, abrió una gran boca, mostrando dos hileras de dientes blancos y afilados. María le metió una nuez, y... ¡crac!..., el hombre mordió y las cáscaras cayeron, dejando entre las manos de María la nuez limpia. Entonces, todos supieron que el hombrecillo pertenecía a la clase de los partidores y que ejercía la profesión de sus antepasados. María palmoteó alegremente, y su padre le dijo:

—Puesto que el amigo Cascanueces te gusta tanto, puedes cuidarle, sin perjuicio, como ya te he dicho, de que Luisa y Federico lo utilicen con el mismo derecho que tú.

María lo tomó en brazos, le hizo partir nueces; pero buscaba las más pequeñas para que el hombrecillo no tuviese que abrir demasiado la boca, que no le convenía nada. Luisa lo utilizó también, y el amigo partidor partió una porción de nueces para todos, riéndose siempre con su sonrisa bondadosa. Federico, que ya estaba cansado de tanta maniobra y ejercicio y oyó el chasquido de las nueces, fue junto a sus hermanas y se rió mucho del grotesco hombrecillo, que pasaba de mano en mano sin cesar de abrir y cerrar la boca con su ¡crac!, ¡crac! Federico escogía siempre las mayores y más duras, y una vez que le metió en la boca una enorme, ¡crac!, ¡crac!..., tres dientes se le cayeron al pobre partidor, quedándosele la mandíbula inferior suelta y temblona.

—¡Pobrecito Cascanueces! —exclamó María a gritos, quitándoselo a Federico de las manos.

—Es un estúpido y un tonto —dijo Federico—; quiere ser partidor y no tiene las herramientas necesarias ni sabe su oficio. Dámelo, María; tiene que partir nueces hasta que yo quiera, aunque se quede sin todos los dientes y hasta sin la mandíbula superior, para que no sea holgazán.

—No, no —contestó María llorando—; no te daré mi querido Cascanueces; mírale cómo me mira dolorido y me enseña su boca herida. Eres un cruel, que siempre estás dando latigazos a tus caballos y te gusta matar a los soldados.

—Así tiene que ser; tú no entiendes de eso —repuso Federico—, y el Cascanueces es tan tuyo como mío; conque dámelo.

María comenzó a llorar a lágrima viva, y envolvió cuidadosamente al enfermo Cascanueces en su pañuelo. Los padres acudieron al alboroto con el padrino Drosselmeier, que desde luego se puso de parte de Federico. Pero el padre dijo:

—He puesto a Cascanueces bajo el cuidado de María, y como al parecer lo necesita ahora, le concedo pleno derecho sobre él, sin que nadie tenga que decir una palabra. Además, me choca mucho que Federico pretenda que un individuo inutilizado en el servicio continúe en la línea activa. Como buen militar, debe saber que los heridos no forman nunca.

Federico, avergonzado, desapareció, sin ocuparse más de las nueces ni del partidor, y se fue al otro extremo de la mesa, donde sus húsares, después de haber recorrido los puestos avanzados, se retiraron al cuartel. María recogió los dientes perdidos de Cascanueces, le puso alrededor de la barbilla una cinta blanca, que había quitado de un vestido suyo, y luego envolvió en su pañuelo con más cuidado aún, al pobre mozo, que estaba muy pálido y asustado. Así lo sostuvo en sus brazos, meciéndolo como a un niño, mientras miraba las estampas de uno de los nuevos libros que les regalaran. Se enfadó mucho, cosa poco frecuente en ella, cuando el padrino Drosselmeier, riéndose, le preguntó cómo podía ser tan cariñosa con un individuo tan feo. El parecido con su padrino, que le saltara a la vista desde el principio, se le hizo más patente aún, y dijo muy seria:

—Quién sabe, querido padrino, si tú también te vistieses como el muñequito y te pusieses sus botas brillantes si estarías tan guapo como él.

María no supo por qué sus padres se echaron a reír con tanta gana y por qué al magistrado se le pusieron rojas las narices y no se rió ya tanto como antes. Seguramente habría una razón para ello.

PRODIGIOS

En el gabinete del consejero de Sanidad, según se entra a mano izquierda, en el lienzo de pared más grande, se halla un armario alto de cristales, en el que los niños colocan las cosas bonitas que les regalan todos los años. Era muy pequeña Luisa cuando su padre lo mandó hacer a un carpintero famoso, el cual le puso unos cristales tan claros y, sobre todo, supo arreglarlo tan bien, que lo que se guarda en él resulta más limpio y más bonito que cuando se tiene en la mano. En la tabla más alta, a la que no alcanzaban María ni Federico, se guardaban las obras de arte del padrino Drosselmeier; en la inmediata, los libros de estampas; las dos inferiores se reservaban para que Federico y María las llenasen a su gusto, y siempre ocurría que la más baja se ocupaba con la casa de las muñecas de María y la otra superior servía para cuartel de las tropas de Federico.

En la misma forma quedaron el día a que nos referimos, pues mientras Federico acondicionaba arriba a sus húsares, María colocaba en la habitación, amueblada con gusto, y junto a la señorita Trudi, a la elegante muñeca nueva, convidándose con ellas a tomar una golosina. He dicho que el cuarto estaba amueblado con gusto y creo que tengo razón, y no sé si tú, atenta lectora María, al igual que la pequeña Stahlbaum —me figuro que estás enterada de que se llamaba María—, tendrás, como esta, un alegre sofá de flores, varias sillitas preciosas, una mesa de té monísima y, lo más bonito de todo, una camita reluciente, en la que descansaban las muñecas más lindas. Todo esto estaba en el rincón del armario, cuyas paredes aparecían tapizadas con estampas, y puedes figurarte que en tal cuarto la muñeca nueva, que, como María supo aquella misma noche, se llamaba señorita Clarita, se encontraría muy a gusto.

Era ya muy tarde, casi media noche; el padrino Drosselmeier se había marchado hacía rato, y los niños no se decidían aún a separarse del armario de cristales, a pesar de que la madre les había dicho repetidas veces que era hora de irse a la cama.

—Es cierto —exclamó al fin Federico—; los pobres infelices —se refería a sus húsares— necesitaban también descansar, y mientras yo esté aquí estoy seguro de que no se atreven a dar ni una cabezada.

Y al decir esto se retiró.

María, en cambio, rogó:

—Mamaíta, déjame un ratito más; sólo un ratito. Aún tengo mucho que arreglar; en cuanto lo haga, te prometo que me voy a la cama.

María era una niña muy responsable, y la madre podía dejarla sin cuidado alguno con los juguetes. Para que María, embebida con la muñeca nueva y los demás juguetes, no se olvidase de las luces que ardían junto al armario, la madre las apagó todas, dejando solamente encendida la lámpara colgada que había en el centro de la habitación, que difundía una luz tamizada.

—Acuéstate en seguida, querida María; si no, mañana no podrás levantarte a tiempo —dijo la madre, desapareciendo para irse al dormitorio.

En cuanto María se quedó sola, se dirigió decididamente a hacer lo que tenía en el pensamiento y que, sin saber por qué, había ocultado a su madre. Todo el tiempo llevaba en brazos al pobre Cascanueces herido, envuelto en su pañuelo. En este momento le dejó con cuidado sobre la mesa; le quitó el pañuelo y miró las heridas. Cascanueces estaba muy pálido, pero seguía sonriendo amablemente, lo cual conmovió a María.

—Cascanuecitas mío —exclamó muy bajito—, no te disgustes por lo que mi hermano Federico te ha hecho; no ha creído que te haría tanto daño, pero es que se ha hecho un poco cruel con tanto jugar a los soldados; por lo demás, es buen chico, te lo aseguro. Yo te cuidaré lo mejor que pueda hasta que estés completamente bien y contento; te pondré en tu sitio tus dientecitos; los hombros te los arreglará el padrino Drosselmeier, que entiende de esas cosas.

No pudo continuar María, pues en cuanto nombró al padrino Drosselmeier, Cascanueces hizo una mueca de disgusto y de sus ojos salieron chispas como pinchos ardiendo. En el momento en que María se sentía asustada, ya tenía el buen Cascanueces su rostro sonriente, que la miraba, y se dio cuenta de que el cambio que había sufrido se debía sin duda a la luz difusa de la lámpara.

—¡Qué tonta soy asustándome así y creyendo que un muñeco de madera puede hacerme gestos! Cascanueces me gusta mucho, por lo mismo que es tan cómico, y a un tiempo tan agradable, y por eso he de cuidarlo como se merece.

María tomó en sus brazos a Cascanueces, se acercó al armario de cristales, se agachó delante de él y dijo a la muñeca nueva:

—Te ruego encarecidamente, señorita Clara, que dejes la cama al pobre Cascanueces herido y te arregles como puedas en el sofá. Pienso que tú estás buena y sana —pues si no no tendrías esas mejillas tan redondas y tan coloradas— y que pocas muñecas, por muy bonitas que sean, tendrán un sofá tan blando.

La señorita Clara, muy compuesta con su traje de Navidad, se quedó un poco contrariada y no dijo esta boca es mía.

—Eso lo hago por cumplir —dijo María.

Y sacó la cama, colocó en ella con cuidado a Cascanueces, le lió un par de cintas más de otro vestido suyo por los hombros y lo tapó hasta las narices.

—No quiero que se quede cerca de la desconsiderada Clarita —dijo para sí.

Y sacó la cama con su paciente, poniéndola en la tabla superior, cerca del lindo pueblecito donde estaban acantonados los húsares de Federico. Cerró el armario y dirigió sus pasos hacia su cuarto, cuando..., escuchad bien, niños..., comenzó a oír un ligero murmullo, muy ligero, y un ruido detrás de la estufa, de las sillas, del armario. El reloj de pared andaba cada vez con más ruido, pero no daba la hora. María lo miró, y vio que el búho que estaba encima había dejado caer las alas, cubriendo con ellas todo el reloj, y tenía la cabeza de gato, con su pico ganchudo, echada hacia delante. Y, cada vez más fuerte, decía: «¡Tac, tac, tac!; todo debe sonar con poco ruido...; el rey de los ratones tiene un oído muy sutil...; ¡tac, tac, tac!, cantadle la vieja cancioncilla...; suena, suena, campanita, suena doce veces».

María, toda asustada, quiso echar a correr, cuando vio al padrino Drosselmeier, que estaba sentado encima del reloj en lugar del gran búho, con su gabán amarillo extendido sobre el reloj como si fueran dos alas; y haciendo un esfuerzo dijo:

—Padrino Drosselmeier, padrino Drosselmeier, ¿qué haces ahí arriba? ¡Bájate y no me asustes!

Entonces se oyó pitar y chillar locamente por todas partes, y un correr de piececillos pequeños detrás de las paredes, y miles de lucecitas cuyo resplandor asomaba por todas las rendijas. Pero no, no eran luces: eran ojitos brillantes; y María advirtió que de todos los rincones asomaban ratoncillos, que trataban de abrirse camino hacia fuera. Al momento comenzó a oírse por la habitación un trotecillo, y aparecieron multitud de ratones, que fueron a colocarse en formación, como Federico solía colocar a sus soldados cuando los sacaba para alguna batalla.

María avanzó muy resuelta, y como quería no tener el pánico de otros niños a los ratones, trató de vencer el miedo; pero empezó a oírse tal estrépito de silbidos y gritos que sintió por la espalda un frío de muerte. ¡Y lo que vio, Dios mío!

Estoy seguro, querido lector, de que tú, lo mismo que el general Federico Stahlbaum, tienes el corazón en su sitio; pero si hubieras visto lo que vio María, de fijo que habrías echado a correr, y mucho me equivoco si no te metes en la cama y te tapas hasta las orejas. La pobre María no pudo hacerlo porque... escucha, lector...: bajo sus pies mismos salieron, como empujados por una fuerza subterránea, la arena y la cal y los ladrillos hechos pedazos y siete cabezas de ratón, con sus coronitas, surgieron del suelo chillando y silbando. Al momento apareció el cuerpo a que pertenecían las siete coronadas cabecitas, y el ratón grande con siete diademas gritó con gran entusiasmo, vitoreando tres veces al ejército, que se puso en movimiento y se dirigió al armario, sin ocuparse de María, que estaba pegada a la puerta de cristales.

El miedo le hacía latir el corazón a María de modo que creyó iba a salírsele del pecho y morirse de repente, y ahora le parecía que en sus venas se paralizaba la sangre. Medio sin sentido retrocedió, y oyó un chasquido...: ¡prr..., prr...!; la puerta de cristales en que apoyaba el hombro cayó al suelo rota en mil pedazos. En el mismo instante, sintió un gran dolor en el brazo izquierdo, pero se le quitó un gran peso de encima al advertir que ya no oía los gritos y los silbidos; todo había quedado en silencio, y aunque no se atrevía a mirar; le parecía que los ratones, asustados con el ruido de los cristales rotos, se habían metido en sus agujeros.

¿Qué sucedió después? Detrás de María, en el armario, empezó a sentirse jaleo y unas vocecillas finas empezaron a decir: «¡Arriba..., arriba...!; vamos a la batalla... esta noche precisamente...; ¡arriba..., arriba..., a las armas!». Y escuchó un acorde armónico de campanas.

—¡Ah! —pensó María—. Es mi juego de campanas.

Entonces vio que dentro del armario había gran revuelo y mucha luz y un ir y venir apresurado. Varias muñecas corrían de un lado para otro, levantando los brazos en alto.

De pronto, Cascanueces se incorporó, echó abajo las mantas y, saltando de la cama, se puso de pie en el suelo.

—¡Crac..., crac..., crac!...; estúpidos ratones..., cuánta tontería...; ¡crac..., crac!...; partida de ratones...; ¡crac..., crac!..., todo tontería.

Y diciendo estas palabras y blandiendo una espadita, dio un salto en el aire, y añadió:

—Vasallos y amigos míos, ¿queréis ayudarme en la dura lucha?

En seguida respondieron tres Escaramuzas y un Pantalón [3], cuatro Deshollinadores, dos Citaristas y un Tambor:

—Sí, señor, nos unimos a vos con fidelidad; con vos iremos a la muerte, a la victoria, a la lucha.

Y se lanzaron hacia el entusiasmado Cascanueces, que se atrevió a intentar el salto peligroso desde la tabla de arriba al suelo. Los otros se echaron abajo con facilidad, pues no sólo llevaban trajes de paño y seda, sino que, como estaban rellenos de algodón y de paja, cayeron como sacos de lana. Pero el pobre Cascanueces se hubiera roto los brazos y las piernas —porque desde donde él estaba al suelo había más de dos pies y su cuerpo era frágil, como hecho de madera de tilo— si en el momento que saltó, la señorita Clarita no se hubiera levantado rápidamente del sofá para recibir en sus brazos al héroe con la espada desnuda.

---

[3] Escaramuza y Pantalón eran máscaras cómicas de la antigua comedia italiana.

—¡Ah, buena Clarita! —susurró María—. ¡Cómo me he equivocado en mi juicio respecto de ti! Seguramente que dejaste tu cama al pobre Cascanueces con mucho gusto.

La señorita Clara decía, mientras estrechaba contra su pecho al joven héroe:

—¿Queréis, señor, herido y enfermo como estáis, exponernos a los peligros de una lucha? Mirad cómo vuestros fieles vasallos se preparan y, seguros de la victoria, se reúnen alegres. Escaramuza, Pantalón, Deshollinador, Citarista y Tambor ya están abajo, y las figuras del escudo que está en esta tabla ya se están moviendo. Quedaos, señor, a descansar en mis brazos, o, si queréis, desde mi sombrero de plumas podéis contemplar la marcha de la batalla.

Así habló Clarita; pero Cascanueces se mostró muy molesto y pataleó de tal modo que Clara no tuvo más remedio que dejarlo en el suelo. En el mismo momento, con una rodilla en tierra, dijo muy respetuoso:

—¡Oh, señora! Siempre recordaré en la pelea vuestro favor y vuestra gracia.

Clarita se inclinó tanto que lo pudo coger por los brazos, y lo levantó en alto; se desató el cinturón, adornado de lentejuelas, y quiso ponérselo al hombrecillo, el cual, echándose atrás dos pasos, con la mano sobre el pecho, dijo muy digno:

—Señora, no os molestéis en demostrarme de ese modo vuestro favor, pues...

Se calló, suspiró profundamente, se desató rápidamente la cintita con que María le vendara los hombros, la apretó contra los labios, se la colgó a modo de bandolera y se lanzó, blandiendo la pequeña espada desnuda, ágil y ligero como un pajarillo, por encima de las molduras del armario al suelo.

Habréis advertido, queridos lectores, que Cascanueces apreciaba todo el amor y la bondad que María le demostraba, y por ello no había aceptado la cinta de Clarita, aunque era muy vistosa y elegante, prefiriendo llevar como divisa la cintita de María.

¿Qué ocurrió después? En cuanto Cascanueces estuvo en el suelo, volvió a comenzar el ruido de silbidos y gritos agudos. Debajo de la mesa se agrupaba el ejército innumerable de ratones, y de entre ellos sobresalía el asqueroso de siete cabezas. ¿Qué iba a ocurrir?

LA BATALLA

—¡Toca generala, vasallo Tambor! —exclamó Cascanueces en alta voz.

E inmediatamente comenzó Tambor a redoblar de una manera artística, haciendo que retemblasen los cristales del armario.

Entonces se oyeron crujidos y chasquidos, y María vio que la tapa de la caja en que Federico tenía acuarteladas sus tropas saltaba de repente, y todos los soldados se echaban a la tabla inferior, donde formaron un brillante cuerpo de ejército.

Cascanueces iba de un lado para otro, animando a las tropas con sus palabras.

—No se mueve ni un perro de Trompeta —exclamó de pronto irritado.

Y volviéndose hacia Pantalón, que algo pálido balanceaba su larga barbilla, dijo:

—General, conozco su valor y su pericia; ahora necesitamos un golpe de vista rápido y aprovechar el momento oportuno; le confío el mando de la caballería y la artillería reunidas; usted no necesita caballo, pues tiene las piernas largas y puede fácilmente galopar con ellas. Obre según su criterio.

En el mismo instante, Pantalón se metió los secos dedos en la boca y sopló con tanta fuerza que sonó como si tocasen cien trompetas. En el armario se sintió relinchar y cocear, y los coraceros y los dragones de Federico, y en particular los flamantes húsares, se pusieron en movimiento, y a poco estuvieron en el suelo.

Regimiento tras regimiento desfilaron con bandera desplegada y música ante Cascanueces y se colocaron en fila, atravesados en el suelo del cuarto. Delante de ellos, aparecieron los cañones de Federico rodeados de sus artilleros, y pronto se oyó el ¡bum..., bum!, y María pudo ver cómo las grajeas llovían sobre los compactos grupos de ratones, que, cubiertos de blanca pólvora, se sentían verdaderamente avergonzados. Una batería, sobre todo, que estaba atrincherada bajo el taburete de mamá, les causó grave daño tirando sin cesar granos de pimienta sobre los ratones, causándoles bastantes bajas.

Los ratones, sin embargo, se acercaron más y más, y llegaron a rodear algunos cañones; pero siguió el ¡brr..., brr!..., y María quedó ciega de polvo y de humo y apenas pudo darse cuenta de lo que sucedía. Lo cierto era que cada ejército peleaba con el mayor denuedo y que durante mucho tiempo la victoria estuvo indecisa. Los ratones desplegaban masas cada vez más numerosas, y sus pildoritas plateadas, disparadas con maestría, llegaban hasta dentro del armario. Desesperadas, corrían Clarita y Trudi de un lado para otro, retorciéndose las manitas.

—¿Tendré que morir en plena juventud, yo, la más bonita de las muñecas? —decía Clarita.

—¿Me ha conservado tan bien para sucumbir entre cuatro paredes? —exclamaba Trudi.

Y cayeron una en brazos de la otra, llorando con tales lamentos que a pesar del ruido se las oía perfectamente.

No te puedes hacer una idea del espectáculo, querido lector. Sólo se escuchaba ¡b..., brr!...; ¡pii..., pii!...; ¡tan, tan, rataplán!...; ¡bum..., bum..., burrum!..., y gritos y chillidos de los ratones y de su rey; y luego la voz potente de Cascanueces, que daba órdenes al frente de los batallones que tomaban parte en la pelea.

Pantalón ejecutó algunos ataques prodigiosos de caballería, cubriéndose de gloria; pero los húsares de Federico fueron alcanzados por algunas balas malolientes de los ratones, que les causaron manchas en sus flamantes chaquetillas rojas, por cuya razón no estaban dispuestos a seguir adelante. Pantalón los hizo maniobrar hacia la izquierda, y, en el entusiasmo del mando, siguió la misma táctica con los coraceros y los dragones; así que, todos dieron media vuelta y se dirigieron hacia casa. Entonces quedó en peligro la batería apostada debajo del taburete, y en seguida apareció un gran grupo de feos ratones, que la rodeó de tal modo que el taburete, con los cañones y los artilleros, cayeron en su poder. Cascanueces, muy contrariado, dio la orden al ala derecha de que hiciese un movimiento de retroceso.

Tú sabes, querido lector entendido en cuestiones guerreras, que tal movimiento equivale a una huida, y, por tanto, te das cuenta exacta del descalabro del ejército del protegido de María, del pobre Cascanueces. Aparta la vista de esta desgracia y dirígela al ala izquierda, donde todo está en su lugar y hay mucho que esperar del general y de sus tropas. En lo más encarnizado de la lucha, salieron de debajo de la cómoda, con mucho sigilo, grandes masas de caballería ratonil, y con gritos estridentes y denodado esfuerzo se lanzaron contra el ala izquierda del ejército de Cascanueces, encontrando una resistencia que no esperaban. Despacio, como lo permitían las dificultades del terreno, ya que tenían que pasar las molduras del armario, fue conducido el cuerpo de ejército por dos emperadores chinos y formó el cuadro.

Estas tropas valerosas y pintorescas, pues en ellas figuraban jardineros, tiroleses, peluqueros, arlequines, cupidos, leones, tigres, macacos y monos, lucharon con espíritu, valor y resistencia. Con espartana valentía, alejó este batallón elegido la victoria del enemigo, cuando un jinete temerario, penetrando con audacia en las filas, cortó la cabeza de uno de los emperadores chinos, y este, al caer, arrastró consigo a dos tiroleses y un macaco. Se abrió entonces una brecha por la que penetró el enemigo y destrozó a todo el batallón. Poca ventaja, sin embargo, sacó aquel de esta hazaña. En el momento en que uno de los jinetes del ejército ratonil, ansioso de sangre, atravesaba a un valiente contrario, recibió un golpe en el cuello con un cartel escrito que le produjo la muerte. ¿Sirvió de algo al ejército de Cascanueces, que retrocedió una vez y tuvo que seguir retrocediendo, perdiendo gente, hasta que se quedó sólo el jefe con unos cuantos delante del armario?

—¡Adelante las reservas! Pantalón..., Escaramuza..., Tambor..., ¿dónde estáis?

Así clamaba Cascanueces, que esperaba refuerzos para que le sacaran de delante del armario.

Se presentaron unos cuantos hombres y mujeres de Thorn, con rostros dorados y sombreros y yelmos, pero pelearon con tanta impericia, que no lograron hacer caer a ningún enemigo, y no tardaron mucho en arrancar la capucha de la cabeza al mismo general Cascanueces. Los cazadores enemigos les mordieron las piernas, haciéndoles caer y arrastrar consigo a algunos de los compañeros de armas de Cascanueces.

Cascanueces estaba rodeado por el enemigo, en el mayor apuro. Quiso saltar por encima de las molduras del armario, pero sus piernas resultaban demasiado cortas. Clarita y Trudi estaban desmayadas y no podían presentarle ayuda. Húsares, dragones, saltaban alegremente a su lado. Entonces, desesperado, gritó:

—¡Un caballo..., un caballo...; un reino por un caballo!

En aquel momento, dos tiradores enemigos lo cogieron por la capa y en triunfo; chillando por siete gargantas, apareció el rey de los ratones. María no se pudo contener:

—¡Pobre Cascanueces! —exclamó sollozando.

Sin saber a punto fijo lo que hacía, cogió su zapato izquierdo y lo tiró con fuerza al grupo compacto de ratones, en cuyo centro se hallaba su rey. De pronto desapareció todo, y María sintió un dolor, más agudo aún que el de antes en el brazo izquierdo, y cayó al suelo sin sentido.

LA ENFERMEDAD

Cuando María despertó de su profundo sueño, estaba en su camita, el sol entraba alegremente en el cuarto por la ventana cubierta de hielo. Junto a ella, estaba sentado un señor desconocido, que luego vio, era el cirujano Wendelstern, que, en voz baja, decía:

—Ya despierta.

Se acercó entonces la madre y la miró con ojos asustados.

—Querida mamaíta —murmuró la pequeña María—, ¿se han marchado ya todos los asquerosos ratones y está salvado el bueno de Cascanueces?

—No digas tonterías, querida niña —respondió la madre—. ¿Qué tienen que ver los ratones con el Cascanueces? Tú, por ser mala, nos has dado un susto de primera. Eso es lo que ocurre cuando los niños son caprichosos y no obedecen a sus padres. Te quedaste anoche jugando con las muñecas hasta muy tarde. Tendrías sueño, y quizá algún ratón, aunque no los suele haber en casa, te asustó, y te diste contra uno de los cristales del armario, rompiéndolo y cortándote en el brazo de tal manera, que el doctor Wendelstern, que te acaba de sacar los cristalitos de la herida, creía que si te hubieras cortado una vena te quedarías con el brazo sin movimiento o que podías haberte desangrado. A Dios gracias, yo me desperté a media noche y te eché de menos, y me levanté, dirigiéndome al gabinete. Allí te encontré, junto al armario, desmayada y sangrando. Por poco me desmayo yo también del susto. A tu alrededor vi una porción de los soldados de tu hermano, y otros muñecos rotos, hombrecillos de pasta, banderas hechas pedazos y al Cascanueces, que yacía sobre tu brazo herido, y, no lejos de ti, tu zapato izquierdo.

—¡Ay, mamaíta, mamaíta! —exclamó María—. ¿No ven ustedes que esas son las señales de la gran batalla habida entre los muñecos y los ratones? Y lo que más me asustó fue que los últimos querían llevarse prisionero a Cascanueces, que mandaba el ejército de los muñecos. Entonces fue cuando yo tiré mi zapato en medio del grupo de ratones, y no sé lo que ocurrió después.

El doctor Wendelstern guiñó un ojo a la madre, y esta dijo con mucha suavidad:

—Bueno, déjalo estar, querida María. Tranquilízate: los ratones han desaparecido y Cascanueces está sano y salvo en el armario.

En el cuarto entró el consejero de Sanidad y habló largo rato con el doctor Wendelstern; luego tomó el pulso a María, que oyó perfectamente que decían «algo de fiebre traumática». Tuvo que permanecer en la cama y tomar medicinas durante varios días, a pesar de que, aparte de algunos dolores en el brazo, se encontraba bastante bien. Supo que Cascanueces salió ileso de la batalla, y le pareció que en sueños se presentaba delante de ella y con voz clara, aunque melancólica, le decía: «María, querida señora, mucho le debo, pero aún puede usted hacer más por mí». María daba vueltas en su cabeza qué podía ser aquello, sin lograr dar solución al enigma.

María no podía jugar a causa del brazo herido, y, por tanto, se entretenía en hojear libros de estampas; pero veía una porción de chispitas raras y no aguantaba mucho tiempo aquella ocupación. Las horas se hacían larguísimas y esperaba impaciente que anocheciese, porque entonces su madre se sentaba a su cabecera y le leía o le contaba cosas bonitas. Acababa su madre de contarle la historia del príncipe Faccardín [4] cuando se abrió la puerta y apareció el padrino Drosselmeier diciendo:

—Quiero ver cómo sigue la herida y enferma María.

En cuanto esta vio al padrino con su gabán amarillo, recordó la imagen de aquella noche en que Cascanueces perdió la batalla contra los ratones y, sin poder contenerse, dijo, dirigiéndose al magistrado:

—Padrino Drosselmeier, ¡qué feo estabas! Te vi perfectamente cuanto te sentaste encima del reloj y lo cubriste con tus alas de modo que no podía dar la hora, por-

---

[4] Quizá sea en recuerdo de la triste historia del emir Fakr-Eddin, conocido con el nombre de Facardinb, que fue víctima de los celos del sultán Amurat IV, en el siglo XVII.

que entonces los ratones se habrían asustado, y oí cómo llamabas al rey. ¿Por qué no acudiste en mi ayuda y en la de Cascanueces, padrino malo y feo? Tú eres el culpable de que yo me hiriera y de que tenga que estar en la cama.

La madre preguntó muy asustada:

—¿Qué es eso, María?

Pero el padrino Drosselmeier hizo un gesto extraño y, con voz estridente y monótona, comenzó a decir incoherencias que semejaban una canción en la que intervenían los relojes y los muñecos y los ratones.

María miraba al padrino con los ojos muy abiertos, encontrándolo aún más feo que nunca, balanceando el brazo derecho como una marioneta. Seguramente se habría asustado ante el padrino si no está presente la madre y si Federico, que entró en silencio, no lanza una sonora carcajada y dice:

—Padrino Drosselmeier, hoy estás muy gracioso; te pareces al muñeco que tiré hace tiempo detrás de la chimenea.

La madre, muy seria, dijo a su vez:

—Querido magistrado, es una broma un poco pesada. ¿Qué quiere usted decir con todo eso?

—¡Dios mío! —respondió riendo el padrino—. ¿No conoce usted mi canción del reloj? Siempre se la canto a los enfermos como María.

Y, sentándose a la cabecera de la cama, dijo:

—No te enfades conmigo porque no sacara al rey de los ratones los catorce ojos; no podía ser. En cambio, voy a darte una gran alegría.

El magistrado se metió la mano en el bolsillo y sacó... el Cascanueces, al que había colocado los dientecillos perdidos y arreglado la mandíbula.

María lanzó una exclamación de alegría, y la madre dijo riendo:

—¿Ves tú qué bueno ha sido el padrino con tu Cascanueces?

—Pero tienes que convenir conmigo, María —interrumpió el magistrado—, que Cascanueces no posee una gran figura y que tampoco tiene nada de guapo. Si quieres oírme, te contaré la razón de que en su familia exista y se herede tal fealdad. Quizá sepas ya la historia de la princesa Pirlipat, de la bruja Ratona y del relojero artista.

—Escucha, padrino Drosselmeier —exclamó Federico de pronto—: has colocado muy bien los dientes de Cascanueces y le has arreglado la mandíbula de modo que ya no se mueve; pero ¿por qué le falta la espada? ¿Por qué se la has quitado?

—¡Vaya —respondió el magistrado de mala gana—, a todo le tienes que poner faltas, chiquillo! ¿Qué importa la espada de Cascanueces? Le he curado, y ahora puede coger una espada cuando quiera.

—Es verdad —repuso Federico—; es un mozo valiente y encontrará armas en cuanto le parezca.

—Dime, María —continuó el magistrado—, si sabes la historia de la princesa Pirlipat.

—No —respondió María—; cuéntala, querido padrino, cuéntala.

—Espero —repuso la madre—, querido magistrado, que la historia no sea tan terrorífica como suele ser todo lo que usted cuenta.

—En absoluto, querida señora de Stahlbaum —respondió Drosselmeier—; por el contrario, es de lo más cómico que conozco.

—Cuenta, cuenta, querido padrino —exclamaron los niños.

Y el magistrado comenzó así:

EL CUENTO DE LA NUEZ DURA

—La madre de Pirlipat era esposa de un rey, y, por tanto, una reina, y Pirlipat fue princesa desde el momento de nacer. El rey no cabía en sí de gozo con aquella hijita tan linda que dormía en la cuna; mostraba su alegría exteriormente cantando y bailando y dando saltos en un pie y gritando sin cesar: «¡Viva!... ¡Viva! ¿Ha visto nadie una cosa más linda que mi Pirlipatita?». Y los ministros, los generales, los presidentes, los oficiales de Estado Mayor, saltaban como el señor, en un pie, y decían: «No, nunca». Y hay que reconocer que en aquella ocasión no mentían, pues desde que el mundo es mundo no había nacido una criatura más hermosa que la princesa Pirlipat. Su rostro parecía amasado con pétalos de rosa y de azucena y copos de seda rosada; los ojitos semejaban azur vivo, y tenía unos bellísimos bucles, iguales que hilos de oro. Además, la princesita Pirlipat había traído al mundo dos filas de dientecillos perlinos, con los que, a las dos horas de nacer, mordió en un dedo al canciller del reino, que quiso comprobar si eran iguales, obligándole a gritar: «¡Oh! ¡Gemelos!», aunque algunos pretendían que lo que dijo fue: «¡Ay, ay!», sin que hasta ahora se hayan puesto de acuerdo unos y otros. En una palabra: la princesita Pirlipat mordió, efectivamente, al canciller en el dedo, y todo el encantado país tuvo pruebas de que el cuerpecillo de la princesa daba albergue al talento, al espíritu y al valor. Como ya hemos dicho, todo el mundo estaba contento menos la reina, que, sin que nadie supiese la causa, se mostraba recelosa e intranquila. Lo más chocante era que hacía vigilar con especial cuidado la cuna de la princesa. Aparte de que las puertas estaban guardadas por alabarderos, a las dos niñeras destinadas al servicio constante de la princesa, agregábanse otras seis que, noche tras noche, habían de permanecer en la habitación. Y lo que todos consideraban una locura, cuyo sentido nadie acertaba a explicarse, era que cada una de estas seis niñeras debía tener en el regazo un gato y pasarse la noche rascándole para que no se durmiese. Es imposible, hijos míos, que averigüéis por qué la madre de Pirlipat hacía estas cosas; pero yo lo sé y os lo voy a decir.

Una vez, se reunieron en la Corte del padre de Pirlipat una delegación de reyes y príncipes poderosos, y con tal motivo se celebraron torneos, comedias y bailes de gala. Queriendo el rey demostrar a sus huéspedes que no carecía de oro y plata, trató de hacer una incursión en el tesoro de la corona, preparando algo extraordinario. Advertido en secreto por el jefe de cocina de que el astrónomo de cámara había anunciado ya la época de la matanza, ordenó un banquete, se metió en su coche y se fue a invitar a reyes y príncipes, diciéndoles que deseaba fuesen a tomar una cucharada de sopa con él, con objeto de disfrutar de la sorpresa que habían de causarles los platos exquisitos. Luego dijo a su mujer: «Ya sabes lo que me gusta la matanza». La reina sabía perfectamente lo que aquello significaba, y que no era otra cosa sino que ella misma, como hiciera otras veces, se dedicase al arte de salchichera. El tesorero mayor mandó en seguida trasladar a la cocina la gran caldera de oro de cocer morcillas y las cacerolas de plata, haciendo preparar un gran fuego de leña de sándalo; la reina se puso su delantal de damasco y al poco tiempo salía humeante de la caldera el rico olor de la sopa de morcilla, que llegó hasta la sala del Consejo donde se encontraba el rey. Este, entusiasmado, no pudo contenerse y dijo a los ministros: «Con vuestro permiso, señores míos», y se fue a la cocina; abrazando a la reina, movió la sopa con el cetro y se volvió tranquilamente al salón.

Había llegado el momento preciso en que el tocino, cortado en cuadraditos y colocado en parrillas de plata, había de tostarse. Las damas de la Corte se marcharon, pues este menester quería hacerlo sólo la reina por amor y consideración a su augusto esposo. Cuando empezaba a tostarse el tocino, se oyó una vocecilla suave que decía: «Dame un poco de tocino, hermana; yo también quiero probarlo; también soy reina; dame un poquito». La reina sabía muy bien que quien así hablaba era la señora Ratona, que tenía su residencia en el palacio real de muchos años atrás. Pretendía estar emparentada con la real familia y ser reina de la línea de Mausoleo, y por eso tenía una gran corte debajo del fogón. La reina era bondadosa y caritativa; no reconocía a la señora Ratona como reina y hermana suya, pero le permitía de buena gana que participase de los festines; así es que dijo: «Venga, señora Ratona; ya sabe usted que siempre puede probar mi tocino». En efecto, la señora Ratona se acercó, y con sus patitas menudas fue tomando trozo por trozo los que le presentaba la reina. Pero luego salieron todos los compadres y las tías de la señora Ratona, y también sus siete hijos, todos muy traviesos, que se echaron sobre el tocino, sin que pudiera apartarlos del fogón la asustada reina. Por fortuna, se presentó la camarera mayor, que espantó a los importunos huéspedes, logrando así que quedase algo de tocino, el cual se repartió concienzudamente en presencia del matemático de cámara, tocando un pedacito a cada uno de los embutidos.

Sonaron trompetas y tambores; todos los potentados y príncipes se presentaron vestidos de gala; unos en blancos palafrenes, otros en coches de cristales, para tomar parte en el banquete. El rey los recibió con mucho agrado, y, como señor del país, se sentó en la cabecera de la mesa, con cetro y corona. Cuando se sirvieron las salchichas de hígado, se vio que el rey palidecía y levantaba los ojos al cielo, lanzando suspiros entrecortados, como si le acometiera un dolor profundo. Al probar las morcillas se echó hacia atrás en el sillón, se tapó la cara con las manos y comenzó a quejarse y a gemir sordamente. Todo el mundo se levantó de la mesa; el médico de cámara trató en vano de tomar el pulso al desgraciado rey, que lanzaba lamentos conmovedores. Al fin, después de muchas discusiones y de emplear remedios eficaces, tales como plumas de ave quemadas y otras cosas por el estilo, empezó el rey a dar señales de recobrarse un poco, y, casi ininteligibles, salieron de sus labios estas palabras: «¡Muy poco tocino!». La reina, desconsolada, se echó a sus pies, exclamando entre sollozos: «¡Oh, augusto y desgraciado esposo mío! ¡Qué dolor tan grande debe de ser el tuyo! ¡A tus pies tienes a la culpable!... ¡Castígala, castígala con dureza! ¡Ay!... La señora Ratona, con sus siete hijos y sus compadres y sus tías, se han comido el tocino y...». La reina se desmayó sin decir más. El rey se levantó de su asiento, lleno de ira, y dijo a gritos: «Camarera mayor, ¿cómo ha ocurrido eso?». La camarera mayor contó lo que sabía, y el rey decidió vengarse de la señora Ratona y de su familia, que le habían comido el tocino de sus embutidos.

Llamaron al consejero de Estado y se convino en formar proceso a la señora Ratona y encerrarla en sus dominios; pero como el rey pensaba que aun así seguirían comiéndosele el tocino, puso el asunto en manos del relojero y adivino de la Corte. Este personaje, que precisamente se llamaba igual que yo, Cristián Elías Drosselmeier, prometió al rey ahuyentar para siempre del palacio a la señora Ratona y a su familia valiéndose de un plan ingenioso. Inventó unas maquinitas al extremo de las cuales se ataba un pedazo de tocino asado, y Drosselmeier las colocó en los alrededores de la vivienda de la golosa. La señora Ratona era demasiado lista para no comprender la intención de Drosselmeier; pero de nada le valieron las advertencias y las reflexiones: atraídos por el agradable olor del tocino, los siete hijos de la señora Ratona y muchos parientes y compadres acudieron a las máquinas de Drosselmeier, y en el momento en que querían apoderarse del tocino quedaban presos en una jaula y eran transportados a la cocina, donde se los juzgaba ignominiosamente. La señora Ratona abandonó, con los pocos que quedaron de su familia, el lugar de la tragedia. La pena, la desesperación, la idea de venganza inundaban su alma. La Corte se alegró mucho; pero la reina se preocupaba, pues conocía a la señora Ratona y sabía que no dejaría impune la muerte de sus hijos y demás parientes. En efecto, un día que la reina preparaba un plato de bofes, que su augusto marido apreciaba mucho, apareció ante ella la señora Ratona y le dijo: «Mis hijos, mis tías..., toda mi parentela han sido asesinados; ten cuidado, señora, de que la reina de los ratones no muerda a tu princesita... Ten cuidado». Y, sin decir otra palabra, desapareció y no se dejó ver más. La reina se llevó tal susto que dejó caer a la lumbre el plato de bofes, y, por segunda vez, la señora Ratona fue causa de que se estropease uno de los manjares favoritos del rey, por cuya razón se enfadó mucho. Pero basta por esta noche; otro día os contaré lo que queda.

A pesar de que María, que estaba pendiente del cuento, rogó al padrino Drosselmeier que lo terminase, no se dejó convencer, sino que, levantándose, dijo:

—Demasiado de una vez no es sano; mañana os contaré el final.

Cuando el magistrado se disponía a salir, le preguntó Federico:

—Padrino Drosselmeier, ¿es verdad que tú inventaste las ratoneras?

—¡Qué pregunta más estúpida! —exclamó la madre.

Pero el magistrado sonrió de un modo extraño y respondió en voz baja:

—¿No soy un relojero hábil y no es natural que pueda haber inventado ratoneras?

CONTINUACIÓN DEL CUENTO DE LA NUEZ DURA

—Ya sabéis, hijos míos —continuó el magistrado Drosselmeier a la noche siguiente—, la razón por la que la reina hacía vigilar con tanto cuidado a la princesa Pirlipat. ¿No era de temer que la señora Ratona cumpliese su amenaza y matase de un mordisco a la princesita? Las máquinas de Drosselmeier no valían de nada para la astuta señora Ratona, y el astrónomo de cámara, que al tiempo era astrólogo, trató de averiguar si la familia del Morrongo estaba en condiciones de alejar de la cuna a la señora Ratona. Por ello, cada una de las niñeras recibió un individuo de dicha familia, que estaban destinados en la Corte como consejeros de Legación, obligándolas a tenerlos en el regazo y, mediante caricias apropiadas, hacerles más agradable su difícil servicio.

Una noche, a eso de las doce, una de las dos niñeras particulares, que permanecían junto a la cuna, cayó en un profundo sueño. Todo estaba como dormido; no se oía el menor ruido... Todo yacía en silencio de muerte, en el que se oía el roer del gusano de la madera. Figuraos cómo se quedaría la jefa de las niñeras cuando vio junto a sí un enorme y feísimo ratón que, sentado en las patas traseras, tenía la odiosa cabeza al lado de la de la princesa. Con un grito de espanto se levantó de un salto... Todos despertaron; pero en el mismo momento, la señora Ratona —era ella la que estaba en la cuna de Pirlipat— huyó rápidamente al rincón del cuarto. Los consejeros de Legación echaron a correr detrás de ella, pero... demasiado tarde. A través de una rendija del suelo desapareció. Pirlipat despertó con el susto, llorando lastimeramente. «¡Gracias a Dios! —exclamaron las guardianas—. ¡Vive!» Pero grande fue su terror cuando la miraron y vieron lo que había sido de la preciosa niña. En lugar de la cabecita angelical, de bucles dorados y mejillas blancas y sonrosadas, aparecía una cabezota informe, que coronaba un cuerpo encogido y pequeño; los ojos azules se habían convertido en verdes, saltones y mortecinos, y la boca le llegaba de oreja a oreja. La reina por poco se muere de desesperación, y hubo que almohadillar el despacho del rey porque se pasaba el día dándose con la cabeza en la pared y gritando con voz quejumbrosa: «¡Pobre de mí, rey desgraciado!». Hubiera debido convencerse de que habría sido mejor comerse los embutidos sin tocino y dejar a la señora Ratona en paz con su familia debajo del fogón; pero esto no se le ocurría al padre de Pirlipat, sino que echó toda la culpa al relojero de cámara y adivino, Cristián Elías Drosselmeier de Nuremberg. En consecuencia, dictó una orden diciendo que concedía cuatro semanas a Drosselmeier para devolver a la princesa su primitivo estado, o por lo menos indicar un medio eficaz para conseguirlo, y en caso de no hacerlo así, al cabo de ese tiempo, sufriría la muerte más vergonzosa a manos del verdugo.

Drosselmeier se asustó mucho, a pesar de que confiaba en su arte y en su suerte, y procedió desde luego a obrar con arreglo a lo que creyó oportuno. Desarticuló por completo a la princesita Pirlipat, inspeccionó las manos y los pies y se fijó en la estructura interna, resultando de sus investigaciones que la princesa sería más monstruosa cuanto más creciera y sin hallar remedio para evitarlo. Volvió a articular a la princesa y se quedó preocupado junto a su cuna, de la que la pobre niña no habría de salir nunca. Llegó la cuarta semana; era ya miércoles, y el rey, que miraba irritadísimo al relojero, le dijo amenazador: «Cristián Elías Drosselmeier, si no curas a la princesa, morirás». Drosselmeier comenzó a llorar amargamente, mientras la princesa Pirlipat partía nueces muy satisfecha. Por primera vez, pensó el sabio en la extraordinaria afición de Pirlipat a las nueces y en las circunstancias de que hubiera nacido con dientes. Después de la transformación, la princesita gritó de un modo lamentable, hasta que, por casualidad, le dieron una nuez, que partió en seguida, comiéndose la pulpa y quedándose tranquila. Desde aquel momento las niñeras no hacían otra cosa que darle nueces. «¡Oh divino instinto de la Naturaleza, impenetrable simpatía de todos los seres! —exclamó Cristián Elías Drosselmeier—. Tú me indicas el camino para descubrir el secreto.» Pidió permiso para tener una conversación con el astrónomo de cámara y le condujeron a su presencia, custodiado por varios guardias. Ambos sabios se abrazaron con lágrimas en los ojos, pues eran grandes amigos; se retiraron luego a un gabinete apartado, y registraron muchos libros que trataban del instinto y de las simpatías y antipatías y de otras cosas ocultas. Se hizo de noche; el astrónomo de cámara miró a las estrellas y estableció el horóscopo de la princesa Pirlipat, con ayuda de Drosselmeier, que también entendía mucho de esto. Fue un trabajo muy rudo, pues las líneas se retorcían más y más; por fin..., ¡oh alegría!..., vieron claro que para desencantar a la princesa, haciéndole recobrar su primitiva hermosura, no tenían más que hacerle comer la nuez Kracatuk.

Esta nuez tenía una cáscara tan dura que podía gravitar sobre ella un cañón de cuarenta y ocho libras sin romperla. Debía partirla, en presencia de la princesa, un hombre que nunca se hubiese afeitado ni puesto botas, y con los ojos cerrados darle a comer la pulpa. Sólo después de haber andado siete pasos hacia atrás sin tropezar, podía el joven abrir los ojos. Tres días y tres noches trabajaron el astrónomo y Drosselmeier sin interrupción; estaba el rey sentado a la mesa al mediodía del sábado, cuando Drosselmeier, que debía ser decapitado el domingo muy de mañana, se presentó de repente lleno de alegría, anunciando el modo de devolver a la princesa Pirlipat la perdida hermosura. El rey lo abrazó entusiasmado, y le prometió una espada de diamantes, varias cruces y dos trajes de gala. «En cuanto acabe de comer —dijo— nos pondremos manos a la obra; cuide, señor sabio, de que el joven sin afeitar y sin zapatos esté a mano con la nuez Kracatuk, y procure que no beba vino, para que no tropiece al dar los siete pasos hacia atrás como un cangrejo; después puede emborracharse si quiere.» Drosselmeier quedó perplejo ante las palabras del rey, y temblando y vacilante, balbuceó que desde luego se había dado con el medio de desencantar a la princesa, que consistía en la nuez susodicha y en el mozo que la partiese, pero que aún quedaba el trabajo de buscarlos, pues había alguna duda de si se encontrarían la nuez y el partidor. Irritadísimo el rey, agitó en el aire el cetro y gritó con voz fiera: «En ello te va la cabeza». La suerte para el apurado Drosselmeier fue que el rey había comido muy a gusto y estaba de buen humor para escuchar las disculpas que la reina, compadecida de Drosselmeier, le expuso. Drosselmeier recobró un poco el ánimo y concluyó por decir que había cumplido su misión descubriendo el medio con que podía ser curada la princesa, y con ello creía haber salvado la cabeza. El rey repuso que eso era charlar sin sentido; pero al fin decidió, después de tomar un vasito de licor, que tanto el relojero como el astrónomo se pusiesen en camino, y no volviesen sin traer la nuez. El hombre capaz de partirla podía hallarse insertando un anuncio repetidas veces en los periódicos del reino y extranjeros y en las hojas anunciadoras.

El magistrado suspendió el relato, prometiendo contar el resto al día siguiente.

FIN DEL CUENTO DE LA NUEZ DURA

A la noche siguiente, en cuanto encendieron las luces, se presentó el padrino Drosselmeier y siguió contando:

—Drosselmeier y el astrónomo estuvieron quince años de viaje sin dar con las huellas de la nuez Kracatuk. Podría estar contándoos cuatro semanas seguidas los sitios que recorrieron y las cosas raras que vieron; pero no lo haré ahora, y sólo os diré que Drosselmeier comenzó a sentir nostalgia de su ciudad natal, Nuremberg. Y tal nostalgia fue mayor que nunca, un día que, hallándose con su amigo en medio de un bosque en Asia, fumaba una pipa de tabaco. «¡Oh hermosa ciudad! — quien no te haya visto nunca, — aunque haya viajado mucho, — aunque haya visitado Londres, París y San Petersburgo, — no le ha saltado nunca el corazón — y sentirá la nostalgia de ti, — ¡oh Nuremberg, hermosa ciudad, — que tiene tantas casas y ventanas bellas!» Cuando oyó lamentarse tanto a Drosselmeier, el astrónomo sintió gran compasión y comenzó a su vez a lanzar tales gemidos que se podían oír en toda Asia. Logró, sin embargo, rehacerse, se secó las lágrimas y preguntó a su compañero: «Querido colega, ¿por qué nos hemos sentado aquí a llorar? ¿Por qué no nos vamos a Nuremberg? Después de todo, lo mismo nos da buscar la fatal nuez en un sitio que en otro». «Es verdad», respondió Drosselmeier, consolado.

Los dos se pusieron en pie; sacudieron las pipas y se fueron derechos, desde el bosque del centro de Asia, a Nuremberg.

En cuanto llegaron allá, Drosselmeier fue a casa de su primo, el fabricante de muñecas, dorador y barnizador Cristóbal Zacarías Drosselmeier, a quien no veía hacía muchísimos años. Le contó toda la historia de la princesa Pirlipat, la señora Ratona y la nuez Kracatuk, lo cual le obligó a juntar las manos repetidas veces, en medio del mayor asombro, y decir al cabo: «¡Ay, primo, qué cosas tan extraordinarias me cuentas!». Drosselmeier continuó relatando las peripecias de su largo viaje, de cómo había pasado dos años con el rey de las Palmeras, de cómo le despreció el príncipe de los Almendros, de cómo pidió inútilmente ayuda para sus investigaciones a las encinas; en una palabra, de cómo por todas partes fue encontrando dificultades, sin lograr dar con la menor huella de la nuez Kracatuk. Mientras duró el relato, Cristóbal Zacarías chasqueó los dedos varias veces, se levantó sobre un solo pie y murmuró: «Hum..., hum..., ¡ah!..., ¡ah! ¡Eso sería cosa del diablo!». Al fin, lanzó al aire la montera y la peluca, abrazó a su primo con entusiasmo y exclamó: «¡Primo, primo! Estás salvado; te digo que estás salvado; si no me engaño, tengo en mi poder la nuez Kracatuk». Y sacó una cajita, en la que guardaba una nuez dorada de tamaño mediano.

«Mira —dijo enseñando la nuez a su primo—, mira. La historia de esta nuez es la siguiente: Hace muchos años, en Navidad, vino un forastero con un saco lleno de nueces, que vendía baratas. Justamente delante de mi puerta empezó a reñir con el vendedor de nueces del pueblo, que le atacaba, molesto porque el otro vendiera su mercancía, y para defenderse mejor dejó el saco en el suelo. En el mismo momento, un carro muy cargado pasó por encima del saco, partiendo todas las nueces menos una, que el forastero, riendo de un modo extraño, me dijo que me vendía por una moneda de plata del año 1720. Sorprendente me pareció encontrar en mi bolsillo una moneda precisamente de aquel año; compré la nuez y la doré, sin saber a punto fijo por qué había pagado tan caro una simple nuez, y por qué la guardé luego con tanto cuidado.»

Las dudas que pudieran quedarles sobre la autenticidad de la nuez desaparecieron cuando el astrónomo miró detenidamente la cáscara y descubrió que en la costura estaba grabada en caracteres chinos la palabra Kracatuk. La alegría de los viajeros fue inmensa, y el primo se consideró el hombre más feliz de la tierra, pues Drosselmeier le aseguró que había hecho su suerte y que, además de una pensión fija, podría tener cuanto oro quisiese para dorar. El relojero y el astrónomo se pusieron los gorros de dormir y se iban a la cama, cuando el último, es decir, el astrónomo, dijo: «Apreciable colega: una alegría no viene nunca sola; yo creo que hemos encontrado, juntamente con la nuez Kracatuk, el joven que debe partirla para que la princesa recobre su hermosura. Me refiero al hijo de su primo de usted. No quiero dormir —continuó—, sino que voy a leer el horóscopo del joven». Se quitó el gorro de dormir y se puso a hacer observaciones.

El hijo del primo era un muchacho fornido y simpático, que no se había afeitado todavía y nunca había usado botas. Siendo más joven, fue durante un par de Navidades un muñeco de guiñol, cosa que ya no se le notaba merced a los solícitos cuidados de su padre. En los días de Navidad usaba un traje rojo con muchos dorados, una espada, el sombrero debajo del brazo y una peluca muy rizada con redecilla. Así se lucía en la tienda de su padre, y por galantería partía nueces para las muchachas, por lo cual le llamaban el lindo Cascanueces.

A la mañana siguiente cogió el astrónomo al sabio por los cabezones y le dijo: «Es él..., ya lo tenemos..., lo hemos hallado. Sólo nos quedan dos cosas que prever: la primera es que yo creo se debe colocar al joven una trenza de madera unida a la mandíbula inferior, con objeto de sujetarla bien; y la segunda, que cuando lleguemos a la Corte debemos ocultar con sumo cuidado que llevamos con nosotros al joven que ha de partir la nuez Kracatuk. He leído en su horóscopo que cuando el rey vea que algunos se rompen los dientes tratando de partirla sin resultado, ofrecerá al que lo consiga, y con ello devolver la perdida hermosura a su hija, la mano de esta y los derechos de sucesión al trono». El primo fabricante de muñecas se quedó encantado ante la perspectiva de que su hijo pudiese ser príncipe y heredero de un trono, y se confió en absoluto a los embajadores. La trenza que Drosselmeier colocó a su sobrino resultó muy bien; tanto, que mediante aquel refuerzo podía partir hasta los durísimos huesos de los melocotones.

En el momento en que Drosselmeier y el astrónomo anunciaron a la Corte el hallazgo de la nuez, se hicieron todos los preparativos necesarios, y en cuanto llegaron con el remedio para la perdida belleza, encontraron reunidos a una porción de jóvenes, entre los cuales figuraban bastantes príncipes que, confiando en sus fuertes dientes, trataban de desencantar a la princesa. Los embajadores se asustaron mucho cuando volvieron a ver a Pirlipat. El cuerpecillo, con sus manos y sus pies casi invisibles, apenas si podía sostener la enorme cabeza. La fealdad del rostro se veía aumentada aún más por una especie de barba de algodón que le habían puesto alrededor de la barbilla y de la boca. Todo ocurrió como estaba predicho en el horóscopo. Un barbilampiño tras otro, calzados con zapatos, fueron estropeándose los dientes y las mandíbulas con la nuez Kracatuk, sin conseguir nada práctico; y cuando eran retirados, casi sin sentido, por el dentista nombrado al efecto, decían suspirando: «¡Qué nuez tan dura!». En el momento en que el rey, dolorido y triste, prometió al que desencantara a su hija la mano de la princesa y su reino, apareció el joven Drosselmeier de Nuremberg, que pidió le fuera permitido hacer la prueba. Ninguno como él había agradado a la princesa Pirlipat; así es que se colocó las manos sobre el corazón y suspirando profundamente dijo: «¡Ah, si fuera este el que partiera la nuez y se convirtiera en mi marido!».

Después que el joven Drosselmeier hubo saludado cortésmente al rey, a la reina y a la princesa Pirlipat, tomó de manos del maestro de ceremonias la nuez Kracatuk, se la metió sin más entre los dientes, apretó y..., ¡crac!, la cáscara se partió en cuatro. Limpió la pulpa de los fragmentos de cáscara que quedaban adheridos y, con una humilde reverencia, se la entregó a la princesa, cerrando inmediatamente los ojos y comenzando a andar hacia atrás. La princesa se comió en seguida la nuez y, ¡oh maravilla!, en el momento desapareció la horrible figura, dejando en su lugar la de una joven angelical, cuyo rostro parecía hecho de azucenas y rosas mezcladas con capullos de seda; los ojos, de un brillante azul; los cabellos, de oro puro. Las trompetas y los tambores mezclaron sus sonidos a los gritos de júbilo del pueblo. El rey y toda su Corte bailaron sobre un pie, como el día del nacimiento de Pirlipat, y la reina hubo de ser socorrida con agua de Colonia, porque perdió el sentido a causa de la alegría y la emoción.

El gran barullo desconcertó un poco al joven Drosselmeier, que aún no había terminado sus siete pasos; logró dominarse, y echó el pie derecho para dar el paso séptimo; en el mismo instante, salió chillando la señora Ratona de una rendija del suelo, de modo que al dejar caer el pie el joven Drosselmeier la pisó, tropezando de tal manera que por poco se cae. ¡Qué torpeza! Apenas puso el pie en el suelo, quedó tan deformado como antes lo estuviera la princesa Pirlipat. El cuerpo se le quedó encogido y apenas si podía sostener la enorme cabeza con ojos saltones y la boca monstruosa y abierta. En vez de la trenza, le colgaba a la espalda una capita que estaba unida a la mandíbula inferior. El relojero y el astrónomo estaban fuera de sí de miedo y de rabia, viendo con gusto que la señora Ratona yacía en el suelo cubierta de sangre. Su maldad no quedaría sin castigo, pues el joven Drosselmeier le dio en la cabeza con el tacón de su zapato, hiriéndola de muerte. Agonizando ya, se quejaba de un modo lastimero, diciendo: «¡Oh Kracatuk, nuez dura, causa de mi muerte! ¡Hi, hi, hi! Hermoso Cascanueces, también a ti te alcanzará la muerte. Mi hijito, el de las siete coronas, dará su merecido a Cascanueces y vengará en ti a su madre. Vive tan contento y tan colorado; me despido de ti en las ansias de la muerte». Y acabado de decir esto, murió la señora Ratona y fue sacada de la estufa real.

Nadie se había ocupado del pobre Drosselmeier; la princesa recordó al rey su promesa de darle por esposa al vencedor, y entonces se mandó llamar al joven héroe. Cuando se presentó el desgraciado en su nuevo aspecto, la princesa se cubrió el rostro con las manos, exclamando: «¡Fuera, fuera el asqueroso Cascanueces!». El mayordomo mayor le cogió por los hombros y le echó fuera del salón. El rey se enfureció mucho al pensar que le habían querido dar por yerno a un Cascanueces; echó toda la culpa de lo ocurrido al relojero y al astrónomo, y los mandó desterrar del reino. Esta parte no figuraba en el horóscopo que el astrónomo leyera en Nuremberg; no por eso se abstuvo de observar las estrellas y le pareció leer en ellas que el joven Drosselmeier se portaría tan bien en su nueva situación que, a pesar de su grotesca figura, llegaría a ser príncipe y rey. Su deformidad no desaparecería hasta que cayese en su poder el hijo de la señora Ratona, que después de la muerte de los otros siete había nacido con siete cabezas y ahora era rey, y cuando una dama lo amase a pesar de su figura. Seguramente habrá podido verse al pobre Drosselmeier en Nuremberg, en Navidad, en la tienda de su padre, como cascanueces al mismo tiempo que como príncipe. Este es, queridos niños, el cuento de la nuez dura, y de aquí viene el que la gente, cuando encuentra difícil una cosa, suela decir: «¡Qué nuez tan dura!», y también el que los cascanueces sean tan feos.

Así terminó el magistrado su relato.

María sacó en consecuencia que la princesa Pirlipat era una niña muy cruel y desagradecida. Federico, por el contrario, era de la opinión de que si Cascanueces quería volver a ser un guapo mozo no debía andarse con contemplaciones respecto al rey de los ratones y así no tardaría en recobrar su primitiva figura.

TÍO Y SOBRINO

Si alguno de mis lectores u oyentes se ha cortado con un cristal, sabrá por experiencia lo malo que es y lo que tarda en curarse. María tuvo que pasarse una semana en la cama, porque en cuanto trataba de levantarse se sentía muy mal. Al fin, sin embargo, se puso buena, y pudo, como antes, andar de un lado para otro. En el armario de cristales todo estaba muy bonito, pues había árboles y flores y casas nuevas y también preciosas muñecas. Pero lo que más le agradó a María fue encontrarse con su querido Cascanueces, que le sonreía desde la segunda tabla, enseñando sus dientecillos nuevos. Conforme estaba mirando a su preferido, recordó con tristeza todo lo que el padrino les había contado de la historia de Cascanueces y de sus disensiones con la señora Ratona y su hijo. Ella sabía que su muñequito no podía ser otro que el joven Drosselmeier de Nuremberg, el sobrino querido de su padrino, embrujado por la señora Ratona. Y tampoco le cabía a la niña la menor duda de que el relojero de la Corte del padre de Pirlipat no era otro que el magistrado Drosselmeier.

—Pero ¿por qué razón no acude en tu ayuda tu tío? ¿Por qué? —exclamaba tristemente al recordar, cada vez con más viveza, que en la batalla que presenció se jugaron la corona y el reino de Cascanueces—. ¿No eran súbditos suyos todos los demás muñecos, y no era cierto que la profecía del astrónomo de cámara se había cumplido y que el joven Drosselmeier era rey de los muñecos?

Mientras la inteligente María daba vueltas en su cabecita a estas ideas, le pareció que Cascanueces y sus vasallos, en el mismo momento en que ella los consideraba como seres vivos, adquirían vida de verdad y se movían. Pero no era así: en el armario todo permanecía tranquilo y quieto y María se vio obligada a renunciar a su convencimiento íntimo, aunque desde luego siguió creyendo en la brujería de la señora Ratona y de su hijo, el de las siete cabezas. Y dirigiéndose al Cascanueces le dijo:

—Aunque no se pueda usted mover ni decirme una palabra, querido señor Drosselmeier, sé de sobra que usted me comprende y sabe lo bien que le quiero; cuente con mi apoyo para todo lo que usted necesite. Por lo pronto, voy a pedir al padrino que, con su habilidad, le ayude en lo que sea preciso.

Cascanueces permaneció quieto y callado; pero a María le pareció que en el armario se oía un suspiro suavísimo, apenas perceptible, que al chocar con los cristales producía tonos melodiosos, como de campanitas, y creyó escuchar las palabras siguientes: «María, angelito de mi guarda..., he de ser tuyo y tú mía».

María sintió un bienestar dulcísimo en medio de un estremecimiento que recorrió todo su ser.

Anocheció. El consejero de Sanidad entró con el padrino Drosselmeier y, a poco Luisa preparó el té, toda la familia se reunió alrededor de la mesa, hablando alegremente. María fue a buscar su silloncito en silencio y se colocó a los pies del padrino Drosselmeier. Cuando todo el mundo se calló, María miró con sus grandes ojos azules muy abiertos al padrino y le dijo:

—Ya sé, querido padrino, que mi Cascanueces es tu sobrino, el joven Drosselmeier de Nuremberg. Ha llegado a príncipe, mejor dicho a rey, cumpliéndose la profecía de tu amigo, el astrónomo; pero, como tú sabes perfectamente, está en lucha abierta con el hijo de la señora Ratona, con el horrible rey de los ratones. ¿Por qué no lo ayudas?

María le volvió a referir toda la batalla que ella presenciara, viéndose interrumpida varias veces por las carcajadas de su madre y de Luisa. Solamente Federico y Drosselmeier permanecían serios.

—¿De dónde se ha sacado todas esas tonterías esta chiquilla? —dijo el consejero de Sanidad.

—Es que tiene una imaginación volcánica —repuso la madre—. Todo ello no son más que sueños producidos por la fiebre.

—Nada de eso es cierto —exclamó Federico—; mis húsares no son tan cobardes. ¡Por el bajá Manelka! ¿Cómo iba yo a consentir semejante cosa?

Sonriendo de un modo especial, tomó Drosselmeier en brazos a la pequeña María y le dijo, con más dulzura que nunca:

—Hija mía: tú posees más que ninguno de nosotros; tú has nacido princesa, como Pirlipat, y reinas en un reino hermoso y brillante. Pero tienes que sufrir mucho si quieres proteger al pobre y desfigurado Cascanueces, pues el rey de los ratones lo ha de perseguir de todos modos y por todas partes. Y no soy yo quien puede ayudarle, sino tú; tú sola puedes salvarle; sé fuerte y fiel.

Ni María ni ninguno de los demás supo lo que quería decir Drosselmeier con aquellas palabras. Al consejero de Sanidad le chocaron tanto que, tomando el pulso al magistrado, le dijo:

—Querido amigo, usted padece de congestión cerebral; voy a recetarle algo.

La madre de María movió la cabeza, pensativa, y dijo:

—Yo me figuro lo que el magistrado quiere decir, pero no lo puedo expresar con palabras corrientes.

LA VICTORIA

No había transcurrido mucho tiempo cuando María se despertó, una noche de luna, por un ruido extraño que parecía salir de un rincón de su cuarto. Era como si tiraran y rodasen piedrecillas y como si al tiempo sonasen unos chillidos agudos.

—¡Los ratones, los ratones! —exclamó María, asustada.

Y pensó en despertar a su madre; pero cesó el ruido y no se atrevió a moverse.

Por fin, vio cómo el rey de los ratones trataba de pasar a través de una rendija y cómo lograba penetrar en el cuarto, con sus siete coronas y sus ojillos chispeantes, y de un salto se colocaba en una mesita junto a la cama de María. «Hi..., hi..., hi!...; dame tus confites..., dame tu mazapán, linda niña...; si no, morderé a tu Cascanueces.» Así decía el rey de los ratones en sus chillidos, rechinando al mismo tiempo los dientes de un modo espantoso y desapareciendo a los pocos momentos por el agujero. María se angustió tanto con aquella aparición que al día siguiente estaba pálida y ojerosa y, muy conmovida, apenas se atrevía a pronunciar palabra. Cien veces pensó quejarse a su madre, a Luisa o, por lo menos, a Federico de lo que le había ocurrido; pero pensó:

—No me van a creer y además se van a reír de mí.

Comprendía claramente que para salvar a Cascanueces tenía que dar confites y mazapán, y a la noche siguiente colocó cuanto poseía en el borde del armario.

Por la mañana, la consejera de Sanidad dijo:

—Yo no sé por dónde entran los ratones en la casa; pero mira, María, lo que han hecho con tus confites: se los han comido todos.

Así era en efecto. El mazapán relleno no había sido del gusto del glotón rey de los ratones, de suerte que sólo lo había roído con sus dientes afilados y, por tanto, no había más remedio que tirarlo. María no se preocupó para nada de sus golosinas; al contrario, estaba muy contenta porque creía haber salvado así a su Cascanueces. Pero cuál no sería su susto cuando a la noche siguiente volvió a oír chillar junto a sus oídos. El rey de los ratones estaba otra vez allí, y sus ojos brillaban más asquerosos aún que la noche anterior, y rechinaba los dientes con más fuerza, diciendo: «Me tienes que dar azúcar... y tus muñecas de goma, niñita, pues si no morderé a tu Cascanueces». Y en cuanto hubo pronunciado tales palabras, desapareció por el agujero.

María quedó afligidísima. A la mañana siguiente fue al armario y contempló a sus muñecos de azúcar y de goma. Su dolor era muy explicable, porque no te puedes imaginar, querida lectora, las figuritas tan monas de azúcar y de goma que tenía María Stahlbaum. Además de un pastorcillo muy bonito, con su pastorcita, y un rebaño completo de ovejitas blancas como la leche, que pastaba acompañado de un perro saltarín y alegre, había dos carteros con cartas en la mano y cuatro parejas de jovenzuelos y muchachitas vestidos de colorines, que se balanceaban en un columpio ruso. Detrás de unos bailarines asomaba el granjero Tomillo con la Doncella de Orleáns, los cuales no eran muy del agrado de María; pero en el rinconcito estaba un niño de mejillas coloradas: su predilecto. Las lágrimas asomaron a los ojos de la pobre María.

—¡Ay! —exclamó dirigiéndose al Cascanueces—. Querido señor Drosselmeier, ¿qué no haría yo por salvarlo? Pero, la verdad, esto es demasiado duro.

Cascanueces tenía un aspecto tan triste, que María, que creía ver al repugnante rey de los ratones con sus siete bocas abiertas lanzándose sobre el desgraciado joven, decidió sacrificarlo todo.

Aquella noche colocó todos sus muñecos de azúcar en el borde del armario, como hiciera la noche anterior con los confites. Besó al pastor, a la pastora, a los borreguitos y, por último, cogió a su predilecto, el muñequito de goma de los carrillos colorados, colocándolo detrás de todos. El granjero Tomillo y la Doncella de Orleáns ocuparon la primera línea.

—Esto es demasiado —dijo la consejera de Sanidad a la mañana siguiente—. Debe de haber anidado en el armario algún ratón grande y hambriento, pues todos los muñecos de azúcar de la pobre María están roídos y deshechos.

María no lograba contener las lágrimas, pero al fin consiguió sonreír, pues pensó: «Con esto, seguramente, estará salvado Cascanueces».

Cuando por la noche la señora contaba al magistrado la fechoría y manifestaba su creencia de que en el armario debía de esconderse un ratón, dijo su marido:

—Es terrible que no podamos acabar con el asqueroso ratón que se oculta en el armario y se come todas las golosinas de María.

—Mira —exclamó Federico muy satisfecho—: el panadero de abajo tiene un magnífico *consejero de legación* gris; voy a subirlo; él pondrá las cosas en orden y se comerá al ratón, aunque sea la misma señora Ratona o su hijo, el rey de las siete cabezas.

—Sí —repuso la madre riendo—, y se subirá encima de las sillas y de las mesas, y tirará los vasos y las tazas, y hará mil fechorías por todas partes.

—De ninguna manera —replicó Federico—. El gato del panadero es muy hábil; ya quisiera yo saber andar con tanta suavidad como él por los tejados.

—No traigáis un gato por la noche —exclamó Luisa, que no podía soportar a tales animalitos.

—Realmente —dijo el padre—, Federico tiene razón; pero también podemos colocar una ratonera. ¿No tenemos alguna?

—Nos la puede hacer el padrino, que es quien las inventó —dijo Federico.

Todos rieron la ocurrencia; y ante la afirmación de la madre de que en la casa no había ninguna ratonera, declaró el magistrado que él tenía varias, y se fue en seguida a su casa a buscar una de las mejores.

Federico y María recordaban el cuento de la nuez dura. Y cuando la cocinera preparaba el tocino, María comenzó a temblar y a estremecerse, y dijo:

—Señora reina, tenga cuidado con la señora Ratona y su familia.

Y Federico, desenvainando su sable, exclamó:

—Que vengan, si quieren, que yo los espantaré.

Todo permaneció tranquilo debajo del fogón. Cuando el magistrado hubo concluido de poner el tocino en el hilo y colocó la ratonera en el armario, le dijo Federico:

—Ten cuidado, padrino relojero, no vaya a ser que el rey de los ratones te juegue una pala pasada.

¡Qué mal lo pasó María a la noche siguiente! Una cosa fría como el hielo le tocaba el brazo, posándose asquerosa en sus mejillas y chillando a su oído. El repugnante rey de los ratones estaba sobre su hombro, y soltaba una baba de color rojo sanguinolento por sus siete bocas abiertas, y castañeteando y rechinando sus dientecillos murmuraba al oído de María: «¡Ssss..., sss!; no iré a la casa..., no iré a comer..., no caeré en la trampa...; ¡sss!... dame tu libro de estampas... y además tu vestidito nuevo, y si no, no te dejaré en paz. Has de saber que si no me haces caso morderé a Cascanueces. ¡Hi..., hi..., hi!...».

María se quedó muy triste y apesadumbrada, y por la mañana estaba palidísima cuando su madre le comunicó:

—El pícaro ratón no ha caído.

Y suponiendo la buena señora que la causa de la tristeza de María era la pérdida de sus golosinas, añadió:

—Pero, pierde cuidado, querida mía, que ya lo cogeremos. Si no valen ratoneras, acudiremos al gato gris de Federico.

En cuanto María se vio sola en la habitación, se acercó al armario de cristales y, suspirando, dijo al Cascanueces:

—Querido señor Drosselmeier: ¿qué puede hacer por usted esta desgraciada niña? Si le doy al asqueroso rey de los ratones mis libros de estampas y el vestidito que me trajo el Niño Jesús, me seguirá pidiendo cosas hasta que no tenga ya nada que darle, y me muerda a mí en vez de morderle a usted. ¡Pobre de mí! ¿Qué haré..., qué haré?

Llorando y lamentándose, la pequeña María notó que de la famosa noche le quedaba al Cascanueces una mancha de sangre en el cuello. Desde el momento en que María supo que el Cascanueces era el joven Drosselmeier, el sobrino del magistrado, no lo llevaba en brazos ni lo besaba ni acariciaba; es más: por una especie de respeto, ni se atrevía a tocarlo. Este día, sin embargo, lo tomó con mucho cuidado de la tabla en que estaba y comenzó a frotarle la mancha con su pañuelo. Qué emoción la suya cuando observó que Cascanueces adquiría calor en sus manos y empezaba a moverse. Muy de prisa volvió a ponerlo en el armario, y entonces oyó que decía muy bajito:

—Querida señorita de Stahlbaum, respetada amiga mía, ¡cómo le agradezco todo!... No, no sacrifique usted sus libros de estampas ni su vestido nuevo...; proporcióneme una espada..., una espada; lo demás corre de mi cuenta...

Aquí perdió Cascanueces el habla; y sus ojos, que adquirieran cierta expresión de melancolía, volvieron a quedarse fijos y sin vida.

María no sintió el menor miedo; antes al contrario, tuvo una gran alegría al saber un medio para salvar al Cascanueces sin mayores sacrificios. Pero, ¿de dónde podría sacar una espada para el pobre pequeño? Decidió tomar consejo de Federico; y por la noche, después de haberse retirado los padres y sentados los dos junto al armario, le contó todo lo que le había ocurrido con el Cascanueces y con el rey de los ratones y la manera como creía poder salvar al primero. Nada preocupó tanto a Federico como el saber lo mal que los húsares se portaron en la batalla. Preguntó de nuevo a su hermana si estaba segura de lo que afirmaba, y cuando María le dio su palabra de que cuanto decía era la verdad, se acercó Federico al armario de cristales, dirigió a sus húsares un discurso patético y, para castigarlos por su cobardía y su egoísmo, les quitó del quepis la divisa y les prohibió tocar la marcha de los húsares de la Guardia durante un año. Después que hubo ordenado el castigo, se volvió a María y le dijo:

—En cuanto a lo del sable, yo puedo ayudar a Cascanueces. Ayer precisamente he retirado a un coronel de Coraceros, concediéndole una pensión, y, por tanto, ya no necesita su espada.

El susodicho coronel disfrutaba su retiro en el más oculto rincón de la tabla superior; allí fueron a buscarlo. Le quitaron el sable, con incrustaciones de plata, y se lo colgaron a Cascanueces.

María no pudo dormir aquella noche de puro miedo. A eso de las doce le pareció oír en el gabinete ruidos extraños. De pronto oyó un chillido.

—¡El rey de los ratones! ¡El rey de los ratones! —exclamó María; y saltó de la cama horrorizada.

Todo estaba en silencio; pero al rato llamaron suavemente a la puerta y se escuchó una vocecilla tímida:

—Respetada señorita de Stahlbaum, abra sin miedo... Le traigo buenas noticias.

María reconoció la voz del joven Drosselmeier; se puso el vestido y abrió la puerta. Cascanueces estaba delante de ella, con la espada ensangrentada en la mano derecha y una bujía en la izquierda. En cuanto vio a María, puso la rodilla en tierra y dijo:

—Vos, señora, habéis sido la que me habéis animado y armado mi brazo para vencer al insolente que se había permitido insultaros. Vencido y revolcándose en su sangre yace el traidor rey de los ratones. Permitid, señora, que os ofrezca el trofeo de la victoria y dignaos aceptarlo de manos de vuestro rendido caballero.

Y al decir estas palabras, dejó ver las siete coronas de oro del rey de los ratones, que llevaba en el brazo izquierdo, entregándoselas a la niña, que las tomó llena de alegría.

Cascanueces se puso de pie y continuó:

—Respetada señorita de Stahlbaum: ahora que mi enemigo está vencido, tendría sumo gusto en mostrarle una porción de cosas bellas, si tiene la bondad de seguirme unos pasos. Hágalo, hágalo, querida señorita.

EL REINO DE LAS MUÑECAS

Me parece a mí, queridos lectores, que ninguno de vosotros habría vacilado en seguir al buen Cascanueces, que no era fácil tuviese propósito de causaros mal alguno. María lo hizo así, con sumo gusto al contar con el agradecimiento de Cascanueces; estaba convencida de que cumpliría su palabra haciéndole ver multitud de cosas bellas. Por lo tanto, dijo:

—Iré con usted, señor Drosselmeier, pero no muy lejos ni por mucho tiempo, pues no he dormido nada.

—Entonces tomaremos el camino más corto, aunque sea el más difícil —respondió Cascanueces.

Y echó a andar delante, siguiéndole María, hasta que se detuvieron frente al gran armario ropero del recibimiento. María se quedó asombrada al ver que las puertas del armario, habitualmente cerradas, estaban abiertas de par en par, dejando al descubierto el abrigo de piel de zorra que el padre usaba en los viajes y que colgaba en primer término. Cascanueces trepó con mucha agilidad por los adornos y molduras, hasta que pudo alcanzar el hermoso hopo que, sujeto por un grueso cordón, colgaba de la parte de atrás del abrigo de piel. En cuanto Cascanueces se apoderó del hopo, echó abajo una escala de madera de cedro a través de la manga de piel.

—Haga el favor de subir, señorita —exclamó Cascanueces.

María lo hizo así; pero apenas había comenzado a subir por la manga, casi en el momento en que empezaba a mirar por encima del cuello, quedó deslumbrada por una luz cegadora y se encontró, de repente, en una pradera perfumada, de la que brotaban millones de chispas como piedras preciosas.

—Estamos en la pradera de Cande —dijo Cascanueces— y tenemos que pasar por aquella puerta.

Entonces María advirtió la hermosa puerta que no había visto hasta aquel momento, y que se elevaba a pocos pasos de la pradera. Parecía edificada de mármol blanco, pardo y color corinto; pero mirándola despacio, descubrió que los materiales de construcción eran almendras garapiñadas y pasas, por cuya razón, según le dijo Cascanueces, aquella puerta por la que iban a penetrar se llamaba la «puerta de las Almendras y de las Pasas». La gente vulgar la llamaba la «puerta de los Mendigos», con muy poca propiedad. En una galería exterior de esta puerta, al parecer de azúcar de naranjo, seis monitos, vestidos con casaquitas rojas, tocaban una música turca de lo mejor que se puede oír, y María apenas si advirtió que seguían avanzando por un pavimento de lajas de mármol que, sin embargo, no eran otra cosa que pastillas muy bien hechas.

A poco se oyeron unos acordes dulcísimos, procedentes de un bosquecillo maravilloso que se extendía a ambos lados. Entre el follaje verde había tal claridad que se veían perfectamente los frutos dorados y plateados colgando de las ramas, de colores vivos, y estas y los troncos aparecían adornados con cintas y ramos de flores, que semejaban novios alegres y recién casados llenos de felicidad. Y de vez en cuando el aroma de los naranjos era esparcido por el blando céfiro, que resonaba en las ramas y en las hojas, las cuales, al entrechocarse, producían un ruido semejante a la más melodiosa música, a cuyos acordes bailaban y danzaban las brillantes lucecillas.

—¡Qué bonito es todo esto! —exclamó María, encantada y loca de contenta.

—Estamos en el bosque de Navidad, querida señorita —dijo Cascanueces.

—¡Ay —continuó María—, si pudiera permanecer aquí! ¡Es tan bonito!

Cascanueces dio una palmada y aparecieron unos pastores y pastoras, cazadores y cazadoras, tan bonitos y blancos que hubiera podido creerse estaban hechos de azúcar, y a los cuales no había visto María a pesar de que se paseaban por el bosque. Llevaban una preciosa butaca de oro; colocaron en ella un almohadón de malvavisco y, muy corteses, invitaron a María a tomar asiento en ella. Apenas lo hizo, empezaron pastores y pastoras a bailar una danza artística, mientras los cazadores tocaban en sus cuernos de caza; luego desaparecieron todos en la espesura.

—Perdone, señorita de Stahlbaum —dijo Cascanueces—, que el baile haya resultado tan pobre; pero los personajes pertenecen a los de los bailes de alambre y no saben ejecutar sino los mismos movimientos siempre. También hay una razón para que la música de los cazadores sea tan monótona. El cesto del azúcar está colgado en los árboles de Navidad encima de sus narices, pero un poco alto. ¿Quiere usted que sigamos adelante?

—Todo es precioso y me gusta muchísimo —dijo María levantándose para seguir a Cascanueces, que había echado a andar.

Pasaron a lo largo de un arroyo cantarín y alegre, en el que se advertía el mismo aroma delicioso del resto del bosque.

—Es el arroyo de las Naranjas —respondió Cascanueces a la pregunta de María—; pero, aparte su aroma, no tiene comparación en tamaño y belleza con el torrente de los Limones, que, como él, vierte en el mar de las Almendras.

En seguida escuchó María un ruido sordo y vio el torrente de los limones, que se precipitaba en ondas color perla entre arbustos verdes chispeantes como carbunclos. Del agua murmuradora emanaba una frescura reconfortante para el pecho y el corazón. Un poco más allá corría un agua amarillenta, más espesa, de un aroma penetrante y dulce, y a su orilla jugueteaban una multitud de chiquillos, que pescaban con anzuelo, comiéndose al momento los pececillos que cogían. Al acercarse, observó María que los pececillos parecían avellanas. A cierta distancia se divisaba un pueblecito a orillas del torrente; las casas, la iglesia, la rectoral, las alquerías, todo era pardusco, aunque cubierto con tejados dorados; también se veían algunos muros tan bonitos pintados como si estuviesen sembrados de corteza de limón y de almendras.

—Es la patria del Alajú —dijo Cascanueces—, que está situada a orillas del arroyo de la Miel; ahí habitan gentes muy guapas, pero casi siempre están descontentas porque padecen de dolor de muelas. No los visitaremos por esta razón.

Luego divisó María una ciudad pequeña, compuesta de casitas transparentes y claras, que resultaba muy linda. Cascanueces se dirigió decididamente a ella, y María escuchó un gran estrépito, viendo que miles de personajes diminutos se disponían a descargar una infinidad de carros muy cargados que estaban en el mercado. Lo que sacaban aparecía envuelto en papeles de colores y semejaba pastillas de chocolate.

—Estamos en el país de los Bombones —dijo Cascanueces—, y acaba de llegar un envío del país del Papel y del rey del Chocolate. Las casas del país de los Bombones estaban seriamente amenazadas por el ejército que manda el almirante de las Moscas, y por esta causa las cubren con los dones del país del Papel y construyen fortificaciones con los envíos del rey del Chocolate. Pero en este país no nos hemos de conformar con ver los pueblos, sino que debemos ir a la capital.

Y Cascanueces guió hacia la capital a la curiosa María.

Al poco tiempo notó un pronunciado olor a rosas y todo apareció como envuelto en una niebla rosada. María observó que aquello era el reflejo de un agua de ese color que en ondas armoniosas y murmuradoras corría ante sus ojos. En aquel lago encantador, que se ensanchaba hasta adquirir las proporciones de un inmenso mar, nadaban unos cuantos hermosos cisnes plateados, a cuyos cuellos estaban atadas cintitas de oro y cantaban a porfía las canciones más lindas; y en las rosadas ondas, los pececillos diamantinos iban de un lado para otro, como danzando a compás.

—¡Ah! —exclamó María entusiasmada—. Este es un lago como el que me quería hacer el padrino Drosselmeier en una ocasión, y yo soy la niña que acariciaría a los cisnes.

Cascanueces sonrió de un modo más burlón que nunca y dijo:

—El tío no sabría hacer una cosa semejante; usted quizá sí, querida señorita de Stahlbaum... Pero no discutiremos por esto; vamos a embarcarnos y nos dirigiremos, por el lago de las Rosas, a la capital.

LA CAPITAL

Cascanueces dio una palmada: el lado de las Rosas comenzó a agitarse más, las olas se hicieron mayores y María vio que a lo lejos se dirigía hacia donde estaban ellos un carro de conchas de marfil, claro y resplandeciente, tirado por dos delfines de escamas doradas. Doce negritos, con monteritas y delantalitos tejidos de plumas de colibrí, saltaron a la orilla y trasladaron a María y luego a Cascanueces, deslizándose suavemente sobre las olas, al carro, que en el mismo instante se puso en movimiento. ¡Qué hermosura verse en el carro de concha, embalsamado de aroma de rosas y conducido por encima de las olas rosadas! Los dos delfines de escamas doradas levantaban sus fauces, y al resoplar brotaban de ellas brillantes cristales que alcanzaban gran altura, volviendo a caer en ondas espumosas y chispeantes. Luego pareció como si cantaran multitud de vocecillas. «¿Quién boga por el lago de las Rosas?... ¡El hada!... Mosquitas, ¡sum, sum, sum! Pececillos, ¡sim, sim, sim! Cisnes, ¡cua, cua, cua! Pajaritos, ¡pi, pi, pi! Ondas del torrente, agitaos, cantad, observad... el hada viene. Ondas rosadas, agitaos, refrescad, bañad.» Pero los doce negritos, que habían descendido del carro de conchas, tomaron muy mal aquel canto y sacudieron sus sombrillas con tal fuerza que las hojas de palmera de que estaban hechas empezaron a sonar y castañetear, y ellos al tiempo acompañaban con los pies, haciendo una cadencia extraña y cantando: «¡Clip, clap, clip, clap!, cortejo de negros, no calléis; no os estéis quietos, pececillos; danzad, cisnes; balancéate, carro de concha, balancéate. ¡Clip, clap, clip, clap!».

—Los negros son muy alegres —dijo Cascanueces un poco sorprendido—, pero alborotan todo el lago.

En efecto, en seguida se oyó un gran murmullo de voces extraordinarias que parecía como si saliesen del agua y flotasen en el aire.

María no se fijó en las últimas, sino que miró y las ondas rosadas, en las que vio reflejarse el rostro de una muchacha encantadora que le sonreía.

—¡Ah! —exclamó muy contenta palmoteando—. Mire, señor Drosselmeier, allá abajo está la princesa Pirlipat, que me sonríe de un modo admirable. ¿No la ve usted, señor Drosselmeier?

Cascanueces suspiró tristemente y dijo:

—Querida señorita de Stahlbaum, no es la princesa Pirlipat; es su mismo rostro el que sonríe en las ondas de rosa.

María volvió la cabeza, avergonzada, y cerró los ojos.

En aquel instante se encontró trasladada por los mismos negros a la orilla, y en un matorral casi tan bello como el bosque de Navidad, con mil cosas admirables y, sobre todo, con unas frutas raras que colgaban de los árboles, que no sólo tenían los colores más lindos, sino que olían divinamente.

—Estamos en el bosque de las Confituras —dijo Cascanueces—; pero ahí está la capital.

Entonces vio María algo verdaderamente inesperado. No sé cómo lograría yo, queridos niños, explicaros la belleza y las maravillas de la ciudad que se extendía ante los ojos de María en una pradera florida. Los muros y las torres estaban pintados de colores preciosos; la forma de los edificios no tenía igual en el mundo. En vez de tejados, las casas lucían coronas lindamente tejidas, y las torres, guirnaldas de hojas verdes de lo más bonito que se puede ver. Al pasar por la puerta, que parecía edificada de macarrones y de frutas escarchadas, siete soldados les presentaron armas, y un hombrecillo con una bata de brocado se echó al cuello de Cascanueces, saludándolo con las siguientes palabras:

—Bienvenido seáis, querido príncipe; bienvenido al pueblo de Mermelada.

María se admiró mucho al ver que Drosselmeier era considerado y tratado como príncipe por un hombre distinguido. Luego oyó un charlar confuso, un parloteo, unas risas, una música y unos cánticos que la distrajeron de todo lo demás, y sólo pensó en averiguar su causa.

—Querida señorita de Stahlbaum —respondió Cascanueces—, no tiene nada de particular. Mermelada es una ciudad alegre; siempre está igual. Pero tenga la bondad de seguirme un poco más adelante.

Apenas anduvieron unos pasos, llegaron a la plaza del Mercado, que presentaba un aspecto hermoso. Todas las casas de alrededor eran de azúcar trabajada con calados y galerías superpuestas; en el centro se alzaba un ramillete a modo de obelisco; cerca de él lanzaban a gran altura sus juegos de agua cuatro fuentes muy artísticas de grosella, limonada y otras bebidas dulces, y en las tazas remansaba la crema, que se podía coger a cucharadas. Y lo más bonito de todo eran los miles de lucecillas que, colgadas encima de otras tantas cabezas, iban de un lado para otro gritando, riendo, bromeando, cantando..., en una palabra, armando el alboroto que María oyera desde lejos. Se veían gentes bellamente ataviadas: armenios, griegos, judíos y tiroleses, oficiales y soldados, sacerdotes, pastores y bufones; en fin, todos los personajes que se pueden hallar en el mundo. En una de las esquinas era mayor el tumulto; la gente se atropellaba, pues pasaba el Gran Mogol en su palanquín, acompañado por noventa y tres grandes del reino y ciento siete esclavos. En la esquina opuesta, tenía su fuerte el cuerpo de pescadores, que sumaba quinientas cabezas; y lo peor fue que el Gran Señor Turco tuvo la ocurrencia de irse a pasear a la plaza, a caballo, con tres mil jenízaros, yendo a interrumpir el cortejo que se dirigía al ramillete central cantando el himno *Alabemos al poderoso Sol*. Hubo gran revuelta y muchos tropezones y gritos. Al rato se escuchó un lamento: era que un pescador había cortado la cabeza a un bracmán, y al Gran

Mogol por poco lo atropella un bufón. El ruido se hacía más ensordecedor a cada instante, y ya empezaba la gente a llegar a las manos cuando hizo su aparición en la plaza el individuo de la bata de damasco que saludara a Cascanueces en la puerta de la ciudad dándole el título de príncipe, y subiéndose al ramillete tocó tres veces una campanilla y gritó al tiempo:

—¡Confitero!... ¡Confitero!... ¡Confitero!

Instantáneamente cesó el tumulto; cada cual procuró arreglárselas como pudo, y, después que se hubo desenredado el lío de coches, se limpió el Gran Mogol y se volvió a colocar la cabeza al bracmán, continuó la algazara.

—¿Qué ha querido decir con la palabra confitero, señor Drosselmeier? —preguntó María.

—Señorita —respondió Cascanueces—, confitero se llama aquí a una fuerza desconocida de la que se supone puede hacer con los hombres lo que le viene en gana; es la fatalidad que pesa sobre este alegre pueblo, y le temen tanto que sólo con nombrarlo se apaga el tumulto más grande, como lo acaba de hacer el burgomaestre. Nadie piensa más en lo terreno, en romperse los huesos o en cortarse la cabeza, sino que todo el mundo se reconcentra y dice para sí: «¿Qué será ese hombre y qué es lo que haría con nosotros?».

María no pudo contener una exclamación de asombro y de admiración al verse delante de un palacio iluminado por los rojos rayos del sol, con cien torrecillas alegres. En los muros había sembrados ramilletes de violetas, narcisos, tulipanes, alhelíes, cuyos tonos oscuros hacían resaltar más y más el fondo rojo. La gran cúpula central del edificio, lo mismo que los tejados piramidales de las torrecillas, estaban sembrados de miles de estrellas doradas y plateadas.

—Estamos en el palacio de Mazapán —dijo Cascanueces.

María se perdía en la contemplación del maravilloso palacio; pero no se le escapó que a una de las torres grandes le faltaba el tejado. Al parecer, unos hombrecillos encaramados en un andamiaje armado con ramas de cinamomo trataban de repararlo. Antes de que preguntase nada a Cascanueces, explicó este:

—Hace poco amenazó al hermoso palacio un hundimiento serio, que bien pudo haber llegado a la destrucción total. El gigante Goloso pasó por aquí, se comió el tejado de esa torre y dio un bocado a la gran cúpula; los ciudadanos de Mermelada le dieron como tributo un barrio entero y una parte considerable del bosque de confituras, con lo cual se satisfizo y se marchó.

En aquel momento, se oyó una música agradable y dulce; las puertas del palacio se abrieron, dando paso a los doce pajecillos con tallos de girasol encendidos, que llevaban a modo de hachas. Su cabeza consistía en una perla; los cuerpos, de rubíes y esmeraldas, y marchaban sobre piececillos diminutos de oro puro. Los seguían cuatro damas de un tamaño aproximado a la muñeca Clarita, de María, pero tan maravillosamente vestidas que María reconoció en seguida en ellas a las princesas. Abrazaron muy cariñosas a Cascanueces, diciéndole conmovidas:

—¡Oh, príncipe! ¡Oh, hermano mío!

Cascanueces, muy conmovido, se limpió las lágrimas que inundaban sus ojos, tomó a María de la mano y dijo en tono patético:

—Esta señorita es María Stahlbaum, hija de un respetable consejero de Sanidad y la que me ha salvado la vida. Si ella no tira a tiempo su zapatilla, si no me proporciona el sable del coronel retirado, estaría en la sepultura, mordido por el maldito rey de los ratones. ¿Puede compararse con esta señorita la princesa Pirlipat, a pesar de su nacimiento, en belleza, bondad y virtud? No, digo yo; no.

Todas las damas dijeron asimismo «no», y echaron los brazos al cuello de María, exclamando entre sollozos:

—¡Oh, noble salvadora de nuestro querido hermano el príncipe!... ¡Oh, bonísima señorita de Stahlbaum!

Las damas acompañaron a María y al Cascanueces al interior del palacio, conduciéndolos a un salón cuyas paredes eran de pulido cristal de tonos claros. Lo que más le gustó a María fueron las preciosas sillitas, las cómodas, los escritorios, etc., que estaban diseminados por el salón, y que eran de cedro o de madera del Brasil con incrustaciones de oro semejando flores. Las princesas hicieron sentar a María y a Cascanueces, diciéndoles que iban a prepararles la comida. Presentaron una colección de pucheritos y tacitas de la más fina porcelana española, cucharas, tenedores, cuchillos, ralladores, cacerolas y otros utensilios de cocina de oro y plata. Luego sacaron las frutas y golosinas más sabrosas que María viera en su vida, y comenzaron, con sus manos de nieve, a prensar las frutas, a preparar la sazón, a rallar la almendra; en una palabra, trabajaron de tal manera, que María pudo ver que eran buenas cocineras y comprendió que preparaban una comida exquisita. En lo íntimo de su ser, deseaba saber algo de aquellas cosas para ayudar a las princesas. La más hermosa de ellas, como si hubiese adivinado su deseo, alargó a María un mortero de oro, diciéndole:

—Dulce amiguita, salvadora de mi hermano, machaca un poco de azúcar cande.

Mientras María machacaba afanosa y el ruido que hacía en el mortero sonaba como una linda canción, Cascanueces comenzó a contar a sus hermanas la terrible batalla entre sus tropas y las del rey de los ratones, la cobardía de su ejército, que quedó casi batido por completo, y la intención del rey de los ratones de acabar con él, y el sacrificio que María hizo de muchos de sus ciudadanos, etc. María estaba cada vez más lejos del relato y del ruido del mortero, llegando al fin a ver levantarse una gasa plateada a modo de neblina en la que flotaban las princesas, los pajes, Cascanueces y ella misma, escuchando al tiempo un canto dulcísimo y un murmullo extraño, que se desvanecía a lo lejos y subía y subía cada vez más alto.

CONCLUSIÓN

¡Brr...!, ¡pum!..., María cayó de una altura incomensurable... ¡Qué sacudida!... Pero abrió los ojos y se encontró en su camita; era muy de día, y su madre estaba a su lado, diciendo:

—Vamos, ¿cómo puedes dormir tanto? Ya hace mucho tiempo que está el desayuno.

Comprenderás, público respetable, que María, entusiasmada con las maravillas que había visto, concluyó por dormirse en el salón del palacio de Mazapán, y que los negros, los pajes o quizá las princesas mismas la trasladaron a su casa y la metieron en la cama.

—Madre, querida madre, no sabes dónde me ha llevado esta noche el señor Drosselmeier y las cosas tan lindas que me ha enseñado.

Y contó a su madre todo lo que yo acabo de referir; y la buena señora se maravilló mucho.

Cuando María acabó su narración, dijo su madre:

—Has tenido un sueño largo y bonito, pero procura que se te quiten esas ideas de la cabeza.

María, testaruda, insistía en que no había soñado y que en realidad vio todo lo que contaba. Entonces su madre la tomó de la mano y la condujo ante el armario, donde enseñándole el Cascanueces, que, como de costumbre, estaba en la tercera tabla, le dijo:

—¿Cómo puedes creer, criatura, que este muñeco de madera de Nuremberg pueda tener vida y movimiento?

—Pero, querida madre —repuso María—, yo sé muy bien que el pequeño Cascanueces es el joven Drosselmeier de Nuremberg, el sobrino del magistrado.

El consejero de Sanidad y su mujer soltaron la carcajada.

—¡Ah! —dijo María casi llorando—. No te rías de mi Cascanueces, querido padre, que ha hablado muy bien de ti; precisamente cuando me presentó a sus hermanas, las princesas, en el palacio de Mazapán, dijo que eras un consejero de Sanidad muy respetable.

Mayores fueron aún las carcajadas de los padres, a las que se unieron las de Luisa y Federico.

María se metió en su cuarto, sacó de una cajita las siete coronas del rey de los ratones y se las enseñó a su madre, diciendo:

—Mira, querida madre, aquí están las siete coronas del rey de los ratones que me entregó anoche el joven Drosselmeier como trofeo de su victoria.

Muy asombrada contempló la madre las siete coronitas, tan primorosamente trabajadas en un metal desconocido que no era posible estuviesen hechas por manos humanas. El consejero de Sanidad no podía apartar la vista de aquella maravilla, y ambos, el padre y la madre, insistieron en que María les dijese de dónde había sacado aquellas coronas. La niña sólo pudo responder lo que ya había dicho, y como su padre no la creía y le decía que era una mentirosa, comenzó a llorar amargamente, diciendo.

—¡Pobre de mí! ¿Qué puedo decir yo?

En aquel momento se abrió la puerta, dando paso al magistrado, que exclamó:

—¿Qué es eso, qué es eso? ¿Por qué llora mi ahijadita? ¿Qué pasa?

El consejero de Sanidad le contó todo lo ocurrido, enseñándole las coronitas.

En cuanto el magistrado las vio se echó a reír, diciendo:

—¡Qué tontería, qué tontería! Esas son las coronitas que hace años llevaba yo en la cadena del reloj y que le regalé a María el día que cumplió dos años. ¿No os acordáis?

Ni el consejero de Sanidad ni su mujer se acordaban de aquello; pero María, observando que sus padres desarrugaban el ceño, se echó en brazos de su padrino y dijo:

—Padrino, tú lo sabes todo. Dile que Cascanueces es tu sobrino, el joven de Nuremberg, y que él es quien me ha dado las coronitas.

El magistrado se puso muy serio y murmuró:

—¡Tonterías, extravagancias!

Entonces el padre tomó a María en brazos y le sermoneó:

—Escucha, María: a ver si te dejas de imaginaciones y de bromas; si vuelves a decir que el insignificante y contrahecho Cascanueces es el sobrino del magistrado Drosselmeier, lo tiro por el balcón, y con él todas tus demás muñecas, incluso a la señorita Clara.

La pobre María no tuvo más remedio que callarse y no hablar de lo que llenaba su alma, pues podéis comprender perfectamente que no era fácil olvidar todas las bellezas que había visto. El mismo Federico volvía la espalda cuando su hermana quería hablarle del reino maravilloso en que fue tan feliz, llegando algunas veces a murmurar entre dientes:

—¡Qué estúpida!

Trabajo me cuesta creer esto último conociendo su buen natural; pero de lo que sí estoy seguro es de que, como ya no creía nada de lo que su hermana le contaba, desagravió a sus húsares de la ofensa que les hiciera con una parada en toda regla; les puso unos pompones de pluma de ganso en vez de la divisa, y les permitió que tocasen la marcha de los húsares de la Guardia. Nosotros sabemos muy bien cómo se portaron los húsares cuando recibieron en sus chaquetillas rojas las manchas de las asquerosas balas...

A María no se le permitió volver a hablar de su aventura; pero la imagen de aquel reino encantador la rodeaba como de un susurro dulcísimo y de una armonía deliciosa; lo veía todo de nuevo en cuanto se lo proponía, y así, algunas veces, en vez de jugar como antes, se quedaba quieta y callada, ensimismada, como si la acometiera un sueño repentino.

Un día, el magistrado estaba arreglando uno de los relojes de la casa. María, sentada ante el armario de cristales y sumida en sus sueños, contemplaba al Cascanueces; sin advertirlo, comenzó a decir:

—Querido Drosselmeier: si vivieses, yo no haría como la princesa Pirlipat; yo no te despreciaría por haber dejado de ser por causa mía un joven apuesto.

El magistrado exclamó:

—Vaya, vaya, ¡qué tonterías!...

Y en el mismo momento se sintió una sacudida y un gran ruido, y María cayó al suelo desmayada.

Cuando volvió en sí, su madre, que la atendía, dijo:

—¿Cómo te has caído de la silla siendo ya tan grande? Aquí tienes al sobrino del magistrado, que ha venido de Nuremberg...; a ver si eres juiciosa.

María levantó la vista. El magistrado se había puesto la peluca y su gabán amarillo y sonreía satisfecho; en la mano tenía un muñequito pequeño, pero muy bien hecho: su rostro parecía de leche y sangre; llevaba un traje rojo adornado de oro, medias de seda blanca y zapatos y en la chorrera un ramo de flores; iba muy rizado y empolvado, y a la espalda le colgaba una trenza; la espada, sujeta de su cinto, brillaba constelada de joyas, y el sombrerillo, que sostenía debajo del brazo, era de pura seda. Demostraba sus buenas costumbres en que había traído a María una infinidad de muñequitos de mazapán y todas las figuritas que el rey de los ratones se comiera. A Federico también le traía un sable. En la mesa partió con mucha soltura nueces para todos; no se le resistían ni las más duras; con la mano derecha se las metía en la boca, con la izquierda levantaba la trenza y..., ¡crac!..., la nuez se hacía pedazos.

María se puso roja cuando vio al joven, y más roja aún cuando, después de comer, el joven Drosselmeier la invitó a salir con él y a colocarse junto al armario de cristales.

—Jugad tranquilos, hijos míos —dijo el magistrado—; como todos mis relojes marchan bien, no me opongo a ello.

En cuanto el joven Drosselmeier estuvo solo con María se hincó de rodillas y exclamó:

—Distinguidísima señorita de Stahlbaum: aquí tiene a sus pies al feliz Drosselmeier, cuya vida salvó usted en este mismo sitio. Usted, con su bondad característica, dijo que no sería como la princesa Pirlipat y que no me despreciaría si por su causa hubiera perdido mi apostura. En el mismo momento dejé de ser un vulgar Cascanueces y recobré mi antigua figura. Distinguida señorita, hágame feliz concediéndome su mano; comparta conmigo reino y corona; reine conmigo en el palacio de Mazapán, pues allí soy el rey.

María levantó al joven y dijo en voz baja:

—Querido señor Drosselmeier: es usted un hombre amable y bueno, y como además posee usted un reino simpático en el que la gente es muy amable y alegre, le acepto como prometido.

Desde aquel momento, fue María la prometida de Drosselmeier. Al cabo de un año dicen que fue a buscarla en un coche de oro tirado por caballos plateados. En las bodas bailaron veintiún mil personajes adornados con perlas y diamantes, y María se convirtió en reina de un país en el que sólo se ven, si se tienen ojos, alegres bosques de Navidad, transparentes palacios de Mazapán, en una palabra, toda clase de cosas asombrosas.

Este es el cuento de EL CASCANUECES Y EL REY DE LOS RATONES.

EL CABALLERO GLUCK

La última parte del otoño en Berlín suele tener algunos días hermosos. El sol sale de entre las nubes, evaporando la humedad del aire que sopla por las calles. Entonces se ve una multitud de gentes elegantes: burgueses con sus mujeres y sus hijos, vestidos de día de fiesta; clérigos, judíos, licenciados, muchachas alegres, profesores, modistas, bailarinas, oficiales, etc., que atraviesan los tilos en dirección al Jardín Zoológico. Pronto se ocupan todas las mesas de Klaus y Weber [1]; el café negro humea; los elegantes encienden sus cigarros; se habla, se discute de la paz y de la guerra, sobre si los zapatos de madame Bethmann [2] son verdes o grises, sobre el comercio privado [3] y los *groschen* falsos, etc., hasta que todo se funde en un aria de *Fanchon* [4], degollada al tiempo que martirizados

---

[1]   Restaurante en el antiguo jardín zoológico de Berlín.

[2]   Federica Augusta Coradina Bethmann (1766-1815), una de las actrices más notables de Alemania, que trabajó en Berlín desde 1788 y llegó a ser la preferida del público.

[3]   *Der geschlossene Handelsstaat,* la obra de Juan G. Fichte que apareció en Tubinga en el año de 1800.

[4]   *Fanchon, das Leiermädchen,* de la obra francesa de Kotzebue y Himmel (1804), muy en boga en tiempos.

los oyentes por un arpa desafinada, un par de violines desacordes, una flauta tísica y un fagot con calambres. Junto a la balaustrada que separa el terreno acotado del restaurante de Weber de la Herrstrasse se ven unas cuantas mesitas redondas y sillas de jardín; allí se respira el aire libre, se contempla a los paseantes y se está lejos del desentono de la malhadada orquesta. Allí yo me siento abandonándome a mi fantasía, que me presenta personajes con los cuales puedo hablar de ciencia, de arte, de todo lo más agradable. Cada vez más abigarrada, aumenta la muchedumbre; pero nada me estorba, nada ahuyenta a mi compañía fantástica. Sólo el maldito acorde de un vals canallesco me saca de mis ensueños. Oigo la voz agria del violín y de la flauta y el bajo ronco del fagot, que suben y bajan uno después de otro, deteniéndose en octavas que destrozan los oídos; y sin poderlo remediar, como alguien que se sintiese atacado de un dolor agudo, grito:

—¡Qué horror de música! ¡Dichosas octavas!

—¡Maldita suerte! ¡Otra octava! —oigo murmurar junto a mí.

Levanto la vista y advierto que sin yo notarlo, se había sentado a mi misma mesa un individuo que me miraba atentamente y del cual no podía apartar los ojos.

Nunca había visto una cabeza ni una figura que me produjeran más impresión. La nariz aguileña, se perdía en la ancha y bien dibujada frente, formando dos arcos elevados en las cejas pobladas, bajo las cuales asomaban unos ojos de expresión salvaje y casi juvenil —el hombre tendría unos cincuenta años—. La barbilla blanda contrastaba visiblemente con la boca cerrada y con la sonrisa irónica que contraía los músculos de sus marchitas mejillas y que parecía protestar contra la seriedad melancólica de la frente. La figura delgada iba envuelta en un sobretodo amplio y de última moda. Cuando el hombre se encontró con mi mirada, bajó los ojos y continuó la operación que probablemente le hiciera interrumpir mi exclamación. Consistía esta en verter, con visible satisfacción, el tabaco de unos cucuruchitos en una caja abierta que tenía delante y humedecerlo con vino tinto de una botella pequeña. La música se había callado; yo sentí la necesidad de hablarle.

—Más vale que se haya callado la música —dije—; ya era insoportable.

El anciano me dirigió una mirada distraída y vertió el último cucurucho.

—Sería mejor que no tocasen —insistí, tomando de nuevo la palabra—. ¿No es usted de mi opinión?

—Yo no tengo opinión —respondió—. Usted es músico y conoce el oficio.

—Se equivoca usted en ambas suposiciones. Hace tiempo aprendí a tocar el piano y teoría general, como se aprende todo aquello que sirve para la educación corriente, y entonces me dijeron, entre otras cosas, que no hay nada que produzca un efecto más desastroso que la combinación en octavas del bajo y la soprano. Como autoridad lo tomé entonces y, siempre que he tenido ocasión de comprobarlo, me he convencido de lo cierto de aquella afirmación.

—¿De verdad? —preguntó mi vecino.

Y levantándose se dirigió despacito hacia los músicos, mientras de cuando en cuando se golpeaba la frente con la palma de la mano, como el que quiere recordar alguna cosa. Le vi hablar con los músicos, a los que trató con cierta superioridad. Volvió a mi lado, y, apenas se hubo sentado, comenzó la orquesta a tocar la obertura de *Ifigenia en Áulide*[5].

---

[5] Una de las cinco obras maestras del caballero Cristoph Willibald Gluck (1714-1787), escrita en 1774.

Con los ojos entreabiertos, los brazos cruzados sobre la mesa, escuchó el andante; con el pie izquierdo llevaba lentamente el compás, indicando las entradas de las voces; de pronto levantó la cabeza, miró en derredor, colocó la mano izquierda abierta sobre la mesa, como si quisiera coger algún acorde, y levantó en alto la derecha: era un director de orquesta que daba la indicación de los tiempos. Luego bajó la mano y comenzó el alegro. Las pálidas mejillas de mi vecino se tiñeron de púrpura; sus cejas se fruncieron; la mirada adquirió un fuego violento que poco a poco fue desvaneciendo la sonrisa que aún se dibujaba en la boca entreabierta. Se echó hacia atrás, levantó las cejas, los músculos de las mejillas se contrajeron de nuevo, le brillaron los ojos, una especie de dolor profundo se desvaneció en una voluptuosidad que estremeció todas las fibras de su ser... y suspiró hondamente. Las gotas de sudor perlaban su frente; marcó la entrada del conjunto y algunos puntos importantes; su mano derecha no dejaba de indicar el compás; con la izquierda sacó el pañuelo, que se pasó por el rostro. Y así consiguió dar vida al esqueleto que representaban aquel par de violines. Yo escuchaba las quejas dulces y desvanecidas de la flauta, que se destacaba cuando amainaron los violines y el contrabajo y se apagó el estruendo de los timbales; oí las voces vibrantes del violoncelo, del fagot, que llenaron mi corazón de indescriptible emoción; volvió a comenzar al conjunto como un gigante augusto y venerable, continuó al unísono, las quejas sordas murieron en sus cadencias.

Había terminado la obertura. El hombre dejó caer los brazos y se quedó con los ojos cerrados como quien ha hecho un supremo esfuerzo. Su botella estaba vacía; llené su vaso de borgoña, que me sirvieron poco antes. Lanzó un profundo suspiro y pareció como si despertase de un sueño. Le invité a beber, lo hizo sin resistencia alguna y, mientras vaciaba de un trago el vaso, dijo:

—Estoy satisfecho de la ejecución. La orquesta se ha portado.

—Y, sin embargo —dije yo—, no han hecho más que dar una ligera idea de lo que es una obra maestra ejecutada con colores vivos.

—Si no me equivoco, usted no es berlinés.

—Efectivamente, no lo soy; sólo resido aquí por temporadas.

—El borgoña es bueno, pero va levantándose frío.

—Si le parece, podemos entrar dentro y allí vaciaremos la botella.

—Muy buena idea. No le conozco a usted ni usted me conoce a mí. No nos preguntaremos nuestros nombres; los nombres suelen ser un estorbo. Estoy bebiendo borgoña que no me cuesta nada, estamos juntos y todo va bien.

Todo esto lo dijo con amable cordialidad. Entramos en una habitación; al sentarse se abrió el sobretodo, y con admiración observé que llevaba una casaca bordada de largos faldones, pantalones de terciopelo negro y una espada pequeña. Luego volvió a abrocharse el sobretodo.

—¿Por qué me preguntaba usted si era berlinés? —comencé yo.

—Porque en ese caso me hubiese visto obligado a dejarle.

—Eso es un enigma para mí.

—No lo será en el momento en que le diga que soy compositor.

—Pues continúo sin dar en el clavo.

—Perdóneme mi exclamación de antes, pues ya veo que no entiende usted nada de Berlín ni de los berlineses.

Se levantó, anduvo apresurado arriba y abajo, se acercó a la ventana y comenzó a tararear el coro de *Ifigenia en Táuride,* al tiempo que marcaba el compás tamborileando en los cristales. Admirado, observé que recorría varios pasajes de la melodía dándoles una fuerza y una novedad asombrosas. Así se lo hice notar. Una vez que acabó, volvió a su asiento. Emocionado por la extraña conducta de aquel individuo y por la demostración de su talento musical extraordinario, me quedé callado. Después de un rato me preguntó:

—¿No ha compuesto usted nunca?

—Sí, alguna vez intenté hacer algo; pero lo que escribí en un momento de entusiasmo me pareció luego al leerlo soso y aburrido, y no volví a insistir.

—Hizo usted mal. El mismo hecho de haber encontrado malos sus primeros ensayos, habla muy en favor de su talento. Aprendemos música de niños porque mamá y papá lo mandan; le hacen a uno rascar el violín o aporrear el piano, pero nadie se preocupa de averiguar si se tienen condiciones y se siente la melodía. Quizá una cancioncita medio olvidada, que se oye cantar a cualquiera, despierta los primeros pensamientos propios, y este embrión, nutrido trabajosamente por fuerzas extrañas, da origen al gigante que lo absorbe todo convirtiéndolo en médula y sangre suyas. ¿Cómo sería posible decir las mil maneras distintas por las que se llega a compositor? Es una gran carretera, en la que la muchedumbre se aprieta y grita: «¡Somos los elegidos! ¡Hemos llegado al límite!». Por la puerta de marfil se entra en el reino de los sueños; pocos son los que llegan a ver la puerta; menos aún los que traspasan sus umbrales. Resulta aventurado internarse por ese camino. Figuras extravagantes pululan de un lado para otro; pero no dejan de tener carácter tanto unas como otras. No se dejan ver en la calle poblada; sólo se las puede encontrar tras la puerta de marfil. Es difícil llegar a este reino: como ante el pueblo de Alcinen [6], los monstruos cierran el paso..., se agitan..., se yerguen..., muchos son absorbidos por los sueños en el mismo reino de ellos..., se funden en el sueño..., no proyectan sombra; si lo hiciesen, en ella advertirían el rayo que atraviesa este reino; pocos, muy pocos, despiertan y suben y recorren el reino de los sueños llegando a la verdad... al momento supremo: el contacto con lo eterno, con lo inexplicable. Mirad al Sol; él es el triple acorde del que descienden los demás acordes semejantes a estrellas y os rodean de hilos de fuego... Envuelto en fuego os encontraréis hasta que Psiquis se eleve al Sol.

Al decir las últimas palabras se puso de pie y levantó la vista y los brazos al cielo. Volvió a sentarse al poco, vaciando rápido el vaso que yo le llenara. Siguió un silencio que no me atreví a interrumpir por temor a distraer a aquel hombre extraordinario. Al fin continuó:

—Cuando yo habité el reino de los sueños me atormentaron mil dolores y angustias. Era de noche; me asustaban los fantasmas del monstruo que precipitándose sobre mí me arrojaban al fondo del mar o me elevaban por los aires. Los rayos luminosos atravesaban las sombras de la noche, y estos rayos eran notas que me rodeaban de una deliciosa claridad. Despertaba libre de mis dolores y veía un ojo muy grande y claro que miraba desde un órgano, y conforme estaba mirando salían notas que producían las armonías más inefables que nunca pude imaginar. La melodía lo inundaba todo, y yo nadaba en aquel torrente, de-

---

[6] Ariosto: *Orlando furioso*.

seando morir en él. Entonces, el ojo clarísimo me miraba y me transportaba sobre las olas embravecidas. Otra vez era de noche, y a mi encuentro salían dos colosos con brillantes arneses: el Tono maestro y el Quinto, que me arrebataban; pero el ojo clarísimo sonreía: «Yo sé que tu alma está llena de anhelos; el joven y dulce Tercio marchará detrás de los colosos, tú oirás su voz dulce, me volverás a ver y mis melodías serán tuyas».

Permaneció ensimismado.

—¿Y volvió usted a ver el ojo clarísimo?

—Sí, lo volví a ver. Durante muchos años suspiré en el reino de los sueños..., sí..., en un bosque magnífico, y escuché cómo cantaban las flores. Sólo un heliotropo callaba y, triste, inclinaba su cáliz hacia la tierra. Lazos invisibles me llevaron hacia él...; levanté la cabeza..., el cáliz se abrió, y dentro de él pude ver el ojo clarísimo que me miraba. Lo mismo que rayos de luz, las notas se elevaban por encima de mi cabeza en dirección a las flores, que las absorbían con ansia. Las hojas del heliotropo se hacían más y más grandes; de ellas emanaba un calor ardiente..., me rodeaban..., el ojo desapareció, y yo con él, en el cáliz de la flor.

Se levantó al pronunciar estas palabras y salió rápidamente de la habitación. En vano esperé su regreso y, en vista de que no volvía, retorné a la ciudad.

Cerca de la puerta de Brandemburgo, divisé una figura delgada que se paseaba en la oscuridad y reconocí en ella al hombre original. Le dirigí la palabra:

—¿Por qué me ha abandonado usted tan de repente?

—Hacía mucho calor, y la eufonía comenzaba a sonar.

—No le entiendo.

—Tanto mejor.

—Tanto peor, porque me gustaría entenderle a usted.

—¿No oye usted?

—No.

—Ya ha pasado... Vamos a andar. Si no, no me gusta la compañía; pero usted no compone... ni es usted berlinés.

—No me explico la manía que tiene usted a los berlineses. Aquí, donde tanto se respeta el arte y donde se practica en gran escala, creo yo que debía de encontrarse a gusto un hombre del espíritu artístico de usted.

—Se equivoca usted. Para mi martirio, me veo condenado a errar aquí, como un espíritu en el vacío, aislado.

—¿Aislado aquí, en Berlín?

—Sí, aislado, pues no me sigue ningún espíritu parejo del mío... Estoy solo.

—Pero ¿y los artistas, los compositores?

—¡Al diablo con ellos! No hacen más que criticar..., apurarlo todo hasta lo infinito; lo revuelven todo para hallar un pensamiento indigente; charlan sin tino del arte y su significado, y no llegan a crear nada, y se encuentran tan satisfechos como si hubieran descubierto algo, y el frío de sus obras demuestra la distancia a que se hallan del Sol... Es un trabajo de Laponia.

—Me parece un poco duro su juicio. Por lo menos, podría usted disfrutar de las representaciones teatrales.

—Me decidí una vez a ir al teatro para oír una ópera de un amigo, que no recuerdo cómo se titula. En ella aparece mucha gente; a través del tumulto de gentes acicaladas aparecen los espíritus diabólicos..., el demonio... ¡Ah! *Don Juan.* Pero apenas pude resistir la obertura, que la orquesta atacó prestísimo y sin la menor idea de lo que hacía. Y eso que iba preparado mediante ayuno y oración, pues sé que la eufonía de tales masas se expresa con poca limpieza.

—Ciertamente que las obras maestras de Mozart no encuentran aquí una interpretación muy adecuada; pero, en cambio, las de Gluck suelen tocarlas bien.

—¿Usted cree? Una vez quise oír *Ifigenia en Táuride*. Al entrar en el teatro oigo que están tocando la obertura de *Ifigenia en Áulide*. Vaya, me he equivocado, dan esta *Ifigenia*. Mi asombro no reconoce límites cuando escucho el andante con que empieza *Ifigenia en Táuride* y la tormenta en seguida. Entre ellas han transcurrido veinte años. Toda la fuerza de la tragedia ha desaparecido. Un mar tranquilo, una tormenta, los griegos que caen sobre el país: esa es la ópera. ¿Ha escrito el compositor la obertura del banquete para que la toquen como un aire de trompeta cuando quieran y como quieran?

—Estoy conforme con usted en la falta de tacto. Pero, a pesar de todo, se hace lo posible para dar realce a las obras de Gluck.

—Sí, sí —dijo mi amigo, sonriendo con una amargura cada vez mayor.

De pronto se puso en marcha y fue inútil que tratase de detenerle.

En un momento desapareció, y en vano lo busqué durante varios días por el Jardín Zoológico.

* * *

Transcurrieron varios meses. En una noche lluviosa, me había retrasado algo en un barrio extremo de la capital y buscaba el camino para mi casa, en la Friedrichstrasse. Tenía que pasar por delante del teatro; la música sonora, las trompetas y los timbales me recordaron que se daba *Armida,* de Gluck, y me decidí a entrar, cuando llamó mi atención un señor que hablaba solo junto a la ventana por donde se oían los acordes.

—Ahora llega el rey..., tocan la marcha...; más timbales, más timbales..., es muy alegre; hay que hacerlo once veces..., si no, no tiene lucimiento el cortejo...; ahora, *maestoso...*; escondeos, niños... Ahora se le cae la escarapela del zapato a un figurante. Justo, la duodécima vez, y siempre siguiendo al que dirige... ¡Oh, las fuerzas eternas! ¡Esto no acaba nunca! Ahora saluda... Armida le da las gracias expresiva... ¿Otra vez? Justo; faltan dos soldados. Ahora nos metemos en el recitado... ¿Qué mal espíritu me tiene aquí sujeto?

—El lazo se ha roto —exclamo yo—. Venga conmigo.

Agarro por el brazo a mi original amigo del Jardín Zoológico —que no era otro el individuo que hablaba solo— y me lo llevo de allí. Se muestra sorprendido y me sigue en silencio. Estábamos ya en la Friedrichstrasse, cuando de repente se paró.

—Le conozco a usted —dijo—. Estaba usted en el Jardín Zoológico..., hablamos mucho..., yo bebí algo... y se me subió a la cabeza...; después sonó la eufonía dos días seguidos...; he sufrido mucho...; pero ya ha pasado.

—Me alegro mucho de que la casualidad nos haya vuelto a reunir. Ahora podemos ser amigos. Yo vivo cerca de aquí; si usted quiere...

—Yo no puedo ni debo ir a ninguna parte.

—No, pues no se me escapa usted; le acompañaré yo.

—Entonces tendrá usted que andar aún un par de cientos de pasos conmigo. Pero ¿no iba usted al teatro?

—Pensaba oír *Armida,* pero ya...

—Ahora oirá usted *Armida.* Venga conmigo.

En silencio subimos por la Friedrichstrasse; muy de prisa dimos la vuelta a una calle transversal y, sin apenas poder seguirle, continuamos calle arriba hasta que al fin mi amigo se detuvo ante una casa insignificante. Llamó durante un ratito, hasta que abrieron. A oscuras, tanteando el terreno, llegamos a la escalera y luego al cuarto, que estaba en el último piso, y entrando en él, mi guía cerró con mucho cuidado la puerta.

Me quedé quieto oyendo abrirse otra puerta, y en seguida apareció el individuo con una luz en la mano, y la vista de la habitación, decorada de un modo extraño, me causó no poca sorpresa. Sillas antiguas ricamente decoradas, un reloj con caja dorada y un ancho y pesado espejo daban al cuarto el aspecto sombrío de un lujo añejo. En el centro se veía un piano pequeño; encima de él, un tintero de porcelana, y junto a él, unas cuantas hojas de papel pautado. Una mirada rápida a aquellos preparativos para componer me convencieron de que hacía mucho tiempo que no se había escrito allí ni una nota, pues el papel estaba amarillento y el tintero cubierto de telarañas. El individuo se dirigió a un armario adosado a la pared, que yo no había visto aún, y al separar la cortina vi una hilera de libros bien encuadernados, en cuyos lomos, con letras doradas, se leía: *Orfeo, Armida, Alcestes, Ifigenia,* etc., en una palabra, todas las obras maestras de Gluck.

—¿Tiene usted las obras completas de Gluck? —le pregunté.

No me respondió; pero una sonrisa forzada contrajo su rostro, dándole una expresión terrible. Dirigió hacia mí su mirada severa y fija y cogió uno de los tomos. Era *Armida.* Con él en la mano se acercó al piano. Yo lo abrí en seguida y preparé el atril, que estaba recogido; aquello le agradó, al parecer. Abrió el libro y... ¿quién podría expresar mi asombro? Sólo vi el papel pautado sin una sola nota.

Luego comenzó a decir:

—Ahora voy a tocar la obertura. Vuélvame las hojas a tiempo.

Así se lo prometí, y comenzó a tocar de modo maravilloso y conmovedor el majestuoso tiempo de marcha con que empieza la obertura, ateniéndose por completo al original; pero el alegro tenía muchas cosas mezcladas a las ideas primordiales de Gluck. Hizo unos cambios tan geniales, que mi asombro iba subiendo de punto. Las modulaciones eran muy vivas, sin llegar a agudas, y mezclaba tantas melodiosas variaciones con las ideas del autor, que las hacía resaltar con más colorido. Su rostro ardía; frunció las cejas y una furia contenida se pintó en sus ojos, que a poco se inundaron de lágrimas. A ratos cantaba el tema, al tiempo que lo acompañaba con infinitas variaciones, con una agradable voz de tenor; luego imitaba los timbales. Yo volvía las hojas siguiendo su mirada. La obertura terminó, y mi amigo cayó extenuado en una butaca, con los ojos cerrados. Se levantó luego y, mientras volvía algunas de las hojas en blanco del libro, dijo con voz opaca:

—Todo esto, señor mío, lo escribí yo cuando retorné del reino de los sueños. Pero confié lo santo a los incrédulos y una mano de hielo hizo presa en el corazón ardiendo. No se rompió; pero yo fui condenado a morar entre los incrédulos como un espíritu aislado... sin forma, por lo cual nadie me conocerá hasta que el heliotropo me eleve de nuevo al Eterno... Ahora voy a cantar la escena de *Armida*.

Y cantó la escena final de *Armida* con una expresión que me conmovió profundamente. También en ella se separó mucho del original, pero sus cambios daban mayor relieve a la música de Gluck. Todo lo que se puede expresar de odio, amor, desesperación, delirio estaba expresado de la manera más hermosa en tonos enérgicos. Su voz parecía la de un joven, que de la insignificancia más vulgar y monótona se eleva a la fuerza más conmovedora. Todas mis fibras se estremecían..., estaba fuera de mí.

Cuando hubo terminado me eché en sus brazos y le pregunté con voz temblona:

—¿Qué es esto? ¿Quién es usted?

Se puso de pie delante de mí y me midió con su mirada penetrante; cuando iba a continuar preguntándole desapareció con la luz tras de la puerta, dejándome a oscuras. Transcurrió casi un cuarto de hora; iba ya desesperando de verle y buscaba la puerta orientándome por la colocación del piano, cuando de repente apareció vestido con un traje de gala muy bordado, una casaca riquísima, la espada al cinto y con la luz en la mano.

Yo me quedé asombrado. Él se adelantó hacia mí, muy grave, y tomándome de la mano me dijo con una extraña sonrisa:

—Soy el caballero Gluck.

«DON JUAN»

AVENTURA FABULOSA OCURRIDA
A UN VIAJERO ENTUSIASTA

Una exclamación y un grito agudo que decía: «La función va a empezar» me despertaron de mi profundo sueño; los violones sonaban..., se oía el tamborileo de los timbales..., el sonido de las trompetas..., una nota clara de un oboe..., la voz aguda de los violines; me froté los ojos. ¿Estaba entregado a Satanás? No; estoy en el cuarto del hotel en que me hospedé ayer noche. Encima de mi cabeza cuelga justamente el cordón de la campanilla; tiro de él y aparece el camarero.

—¿Qué demonio significa la música que se oye aquí mismo? ¿Es que hay algún concierto en la casa?

—Excelencia —había bebido *champagne* en la comida—: su excelencia quizá no sabe que este hotel está unido al teatro. Esa puerta que está tapada con una mampara da a un pasadizo que conduce al número 23, que es un palco de los forasteros.

—¿Qué? ¿Teatro? ¿Palco de los forasteros?

—Sí, un palco pequeño, con capacidad para dos o tres personas a lo sumo, sólo para viajeros distinguidos, tapizado de verde, con celosías junto al escenario. Si su excelencia tiene gusto en asistir, hoy damos *Don Juan,* del famoso Mozart, de Viena. El precio de la entrada, un *taler* y ocho *groschen,* se lo cargarán en cuenta.

Esto último lo dijo abriendo la puerta del palco; tan de prisa me dirigí a él en cuanto oí decir *Don Juan.* El teatro, proporcionado al lugar, estaba adornado con gusto y con una iluminación brillante. Los palcos y las butacas, completamente llenos. Los primeros acordes de la obertura me convencieron de que la orquesta era muy buena, y, si los cantantes no estaban a menor altura, iba a pasar un buen rato con la ópera.

En el andante me sentí sobrecogido por la emoción del terrible *regno all pianto* [1]; horribles presentimientos de algo espantoso se apoderaron de mi ánimo. Como un sacrilegio detonante me sonó la trompetería del sexto compás del alegro. Yo veía en una noche oscurísima demonios de fuego alargando sus garras encendidas para alcanzar a los hombres que, descuidados, danzaban alegremente sobre la cubierta liviana del abismo sin fondo. El conflicto de la naturaleza humana con las fuerzas desconocidas y terribles que la rodean aguardando el momento favorable para su perdición se ponía de manifiesto ante los ojos de mi espíritu. Al fin, se calmó la tempestad; el telón se alzó. Frío y apesadumbrado, envuelto en su capa, se adelantó Leporello en la noche oscura, cantando *Notte e giorno faticar* [2]. ¿Italiano? ¿Aquí, en una población alemana, cantaban en italiano? *Ah che piacere* [3]. Iba

---

[1] Reino del llanto. En la *Divina Comedia,* de Dante, descripción del infierno.

[2] Noche y día sin descanso. El aria conocida.

[3] ¡Qué alegría!

a escuchar los recitados como los concibió el gran maestro. Salió Don Juan; tras él Doña Ana, detenida por la capa del traidor. ¡Qué aspecto! Podía ser más alta, más esbelta, más majestuosa, pero ¡qué cabeza! Unos ojos en los que se expresaba el amor, la ira, la desesperación, el odio y lanzaban chispas como si estuvieran abrasados por dentro por un fuego inextinguible. El cabello negro, suelto, flotaba en ondas rizadas por la espalda. La blanca túnica envolvía su figura dejando entrever su encanto supremo. El corazón late con violencia, conmovido por el hecho criminal. ¡Y qué voz! *Non sperar se non m'uccidi* [4]. A través del estruendo de los instrumentos se escucha como si fuera metal etéreo fundido. Es inútil que Don Juan trate de separarse. ¿Lo desea realmente? ¿Por qué no la empuja con decisión y se escapa? ¿Es que la mala acción le ha dejado inerme o la lucha del amor con el odio le quita el valor y la fuerza? El padre ha pagado con su vida la locura de echarse encima del poderoso enemigo en la oscuridad. En un recitado Don Juan y Leporello se adelantan hacia el proscenio. Don Juan se desemboza y aparece ricamente vestido de terciopelo rojo acuchillado con bordados de plata. Es una figura hermosa; el rostro es de belleza varonil; la nariz, prominente; los ojos, expresivos; los labios, finos; las arrugas de la frente le dan a ratos un aspecto mefistofélico a su fisonomía, el cual, sin quitarle nada de su belleza, le confiere cierta expresión de horror. Parece como si fuera capaz de ejercer el arte de la serpiente de cascabel [5]; como si las mujeres, al verlo, no pudiesen apartar la vista de él y fatalmente hubiesen de

---

[4] No esperes si no me matas.
[5] Que atrae a los animales pequeños dejándolos inmovilizados con la mirada.

correr a su perdición atraídas por una fuerza misteriosa.
Alto y seco, con su casaca a rayas blancas, una capa corta
roja, sombrero blanco con pluma encarnada, Leporello
caracolea alrededor suyo. En los rasgos de su fisonomía
se mezclan extrañamente la bondad, la pillería, la avari-
cia y la insolencia irónica. Las cejas negras contrastan
violentamente con la cabeza y la barba grises. Se advierte
que el viejo merece ser el criado de Don Juan. Por fortuna, han desaparecido tras la muralla... Antorchas. Doña
Ana y Don Octavio se presentan en escena. El último es
un jovenzuelo guapo, muy compuesto y relamido, de
veintiún años a lo sumo. Como novio de Doña Ana, y
para poder llamarlo tan pronto, debe de vivir en la casa;
al primer ruido que ha oído acude a salvar al padre, pero
se ha tenido que componer y no debe de agradarle mucho
salir por la noche. *Ma qual mai s'offre, o dei, spectacolo
funesto agli occo miei!* [6].

Algo más que desesperación por el horrendo crimen se
advierte en los recitados y en los dúos. El atentado horroroso de Don Juan, que amenaza con perderle y que a
su padre le ha costado la vida, no puede ser únicamente lo
que inspira aquellas notas: tienen que ser hijas de una lucha desesperada y a muerte en el fondo del alma.

La seca Doña Elvira, que aún conserva trazas de una
belleza pasada, vitupera al traidor Don Juan, diciéndole:
Tu nido d'inganni [7], y el compasivo Leporello conviene
con ella: *Parla come un libro stampato* [8]. En este momento, observo que a mi lado o detrás de mí hay alguien.
Sin duda, se ha abierto la puerta del palco y se ha colado

---

[6] ¡Qué espectáculo, oh dioses, se presenta a mi vista!
[7] Tu nido de engaños.
[8] Habla como un libro.

una persona..., siento frío en el corazón. ¡Me hallaba tan feliz solo en el palco para poder apreciar a mi gusto las bellezas de la obra maestra y dejarme arrastrar por ellas! Una sola palabra, que además sería una vaciedad, me hubiera arrancado dolorosamente de la exaltación poeticomusical de aquel delicioso momento. Decidí no darme por enterado de la presencia de mi vecino, y, atento a la representación, no hacer caso de cualquier palabra ni aun de una mirada. Apoyada la cabeza en la mano y volviendo la espalda al vecino contemplaba la escena. La marcha de la representación respondía al magnífico comienzo. La pequeña, maliciosa y enamorada Zerlina consolaba con las notas más armoniosas y tiernas al bondadoso y torpe Masetto. Don Juan expresaba su desprecio por las gentecillas que le rodeaban, sólo atentas a su placer, en el aria salvaje *Fin ch'han del vino* [9], sin recatarse para nada. Y fruncía el ceño más que nunca. Aparecieron las máscaras. El terceto es una oración que se eleva al cielo en brillantes acordes. Se levantó el segundo telón. La escena es alegre: los vasos entrechocan, los campesinos y las máscaras, atraídos por Don Juan, danzan y bromean. Se presentan los tres juramentados para la venganza. La alegría aumenta hasta que el baile se descompone. Zerlina se salva y, en el final, Don Juan ataca con la espada desenvainada a sus enemigos. Arrebata de las manos la pulida espada al novio y se abre paso en medio del tumulto general; como el valiente Orlando, después de sembrar el desorden en el ejército del tirano Cimorco, aprovechó el desorden para ponerse a salvo [10].

Varias veces creí sentir detrás de mí un aliento suave y tibio y el ruido de un traje de seda, lo cual me hizo supo-

---

[9]   Mientras tengan vino. Principio del aria tan conocida del *champagne*.
[10]   Ariosto: *Orlando furioso*.

ner la presencia de una mujer; pero, absorto en el mundo de la poesía que la ópera representaba ante mis ojos, no me fijé en ello. Ahora que habían bajado el telón dirigí la vista a mi vecina. No, no hay palabras que expresen mi asombro: Doña Ana, con el mismo traje con que la viera en escena, estaba detrás de mí y me dirigía su mirada expresiva. Mudo la contemplé: su boca se plegó —al menos así me lo pareció a mí— en una sonrisa irónica, con la que yo me vi en ridículo. Sentí la necesidad de hablarle y no logré que mi lengua, paralizada por el asombro y, casi puedo decirlo, por el miedo, articulase una sola palabra. Al fin, casi involuntariamente, dije:

—¿Cómo es posible que esté usted aquí?

A lo que ella, en un toscano puro, respondió que si yo no hablaba italiano tendría que renunciar al placer de mi conversación, pues no sabía otro idioma. Sus palabras sonaban como música. Al hablar, aumentaba la expresión de sus ojos oscuros, y cada uno de sus destellos encendía fuego en mi interior, abrasando mis pulsos y estremeciendo todas mis fibras. Indudablemente era Doña Ana. No comprendía cómo podía estar al mismo tiempo en mi palco y en el escenario. Así como en un sueño feliz se unen las cosas más extrañas y llega a comprenderse lo suprasensible, dándole sin vacilar las apariencias de la vida natural, así yo, al lado de aquella encantadora mujer, caí en una especie de sonambulismo en el que reconocí las relaciones secretas que tan íntimamente me unían a ella, y que no se habían debilitado en lo más mínimo con su aparición en el teatro. Con cuánto gusto te repetiría, querido Teodoro [11], cada una de las palabras de la encanta-

---

[11] Uno de los *Serapionsbruder.*

dora conversación que sostuvimos la señora y yo; pero al tratar de traducir lo que ella dijo en simpático toscano encuentro que las palabras son sosas y frías y las frases incompletas.

Al hablar de Don Juan y de su papel me pareció que se descubrían por primera vez para mí los secretos de la obra maestra, pudiendo ver claro un mundo lleno de fantásticas apariciones. Me dijo que su vida era la música, y a veces creía comprender cantando cosas que no tenían sentido habladas.

—Sí, lo comprendo perfectamente; pero alrededor mío todo es frialdad y muerte —continuó diciendo con los ojos brillantes y levantando la voz—, y cuando aplauden un trozo bien cantado, un momento feliz, parece que una mano de hierro me oprime el corazón. Pero tú..., tú me comprendes; yo sé que también tú has visitado el reino de lo maravilloso, donde reside el encanto celestial de las notas.

—Pero, mujer deliciosa..., ¿tú..., tú me conoces?

—¿No se expresa la locura fascinadora del amor en el papel de tu nueva ópera, y no es ella el reflejo de tu espíritu? Yo te he comprendido; tu alma se ha unido a la mía. Sí —aquí pronunció mi nombre—, te he cantado, confudiéndome yo misma con tus melodías.

La campanilla del teatro sonó; una rápida palidez cubrió las mejillas sin pintar de Doña Ana; se llevó la mano al corazón, como si se sintiese acometida por un dolor repentino, y dijo en voz baja:

—Desgraciada Ana, ahora vienen los momentos terribles para ti.

Y desapareció del palco.

El primer acto me había entusiasmado; pero después del extraño suceso, la música me hizo un efecto distinto y extraño. Me pareció que llegaba la realización de los más hermosos sueños y como si los anhelos más secretos del alma, recogidos en notas, adquiriesen formas extraordinarias.

En la escena de Doña Ana me sentí agitado por algo semejante a un aliento suave y dulce que se deslizaba en torno mío invadiéndome de una voluptuosidad embriagadora; involuntariamente mis ojos se cerraron y me pareció que un beso ardiente abrasaba mis labios; pero este beso era una nota sostenida en la que flotaba una pasión ardiente.

El final es de alegría criminal. *Gia la messa e preparata* [12]. Don Juan está charlando amistosamente con dos muchachas y descorcha una botella tras otra con objeto de dar libertad a los espíritus de la alegría, que están encerrados herméticamente. La escena representaba una habitación pequeña con una gran ventana en el fondo, por la cual se descubre la oscuridad de la noche. Mientras Elvira recuerda sus juramentos al infiel, se ven por la ventana los relámpagos y se oye el ruido sordo de la tormenta. Al fin llaman con violencia. Elvira y las cuatro muchachas desaparecen, y, en medio de los acordes más tumultuosos, se presenta el coloso de mármol, ante el cual queda Don Juan en actitud de pigmeo. El suelo tiembla bajo las pisadas del gigante. Don Juan lanza sus *No* terribles en el fragor de la tormenta, entre el estruendo del trueno y los alaridos del demonio: ha llegado la hora de la ruina. La estatua desaparece; un vapor espeso llena el aposento, y de él salen fantasmas horribles. Torturas infernales acometen a Don Juan, el cual se ve de cuando en cuando entre los demonios. Una explosión como si esta-

---

[12] La mesa está ya preparada.

llasen mil truenos... Don Juan, los demonios, han desaparecido no se sabe cómo. Leporello yace sin sentido en el extremo de la habitación. Con satisfacción inmensa se ve aparecer a los demás personajes, que buscan en vano a Don Juan, sustraído a la venganza por fuerzas ultraterrenas: parece como si se hubiera escapado del círculo espantoso del espíritu infernal. Doña Ana aparece cambiada por completo: una palidez de muerte cubre sus mejillas, sus ojos están apagados, la voz temblona y desigual; pero, por ello mismo, más conmovedora en el dúo con el novio, que, una vez libre de las iras del vengador, quiere celebrar las bodas a toda prisa.

El coro en fuga redondeó el conjunto y yo me dirigí a mi cuarto en un estado terrible de exaltación. El camarero me avisó para ir a comer y lo seguí mecánicamente. La concurrencia era muy distinguida y la conversación general giró sobre el *Don Juan* que acababa de representarse. Se alababa a los italianos y su emocionante modo de trabajar, aunque de cuando en cuando se oía alguna observación más o menos maliciosa que, sin embargo, no alcanzaba al espíritu de la ópera de las óperas. Don Octavio gustó mucho. Doña Ana había parecido demasiado apasionada. Según el que hablaba, en el teatro debía evitarse lo demasiado emocionante. El relato de la sorpresa le había consternado verdaderamente. Y tomando una pizca de rapé miró de un modo estúpido a su vecino, el cual dijo que la italiana era muy guapa, pero muy descuidada en el traje y en los adornos; en esa misma escena, se le había deshecho un tirabuzón que le desdibujó por completo el perfil. Otro empezó a tararear en voz baja el aria *Fin ch'han dal vino,* a lo que una señora observó que el que menos le había gustado era Don Juan, porque los italianos eran demasiado sombríos, demasiado serios y no habían comprendido bien los caracteres alegres y frívolos. La explosión final fue muy celebrada. Cansado de la charla insustancial me metí en mi cuarto.

EN EL PALCO NÚMERO 23,
EL DE LOS FORASTEROS

¡Qué estrecho y qué angustioso encontré aquel reducido recinto! A media noche creí oír tu voz, querido Teodoro. Pronunciaste mi nombre, y me pareció que arañaban en la mampara. ¿Qué me impide visitar otra vez el lugar de mi aventura maravillosa? Quizá allí te vea a ti y a ella, que llena todo mi ser. ¡Qué fácil es trasladar la mesita..., dos candelabros... y recado de escribir! El camarero me busca con el ponche que yo le había pedido, encuentra vacía la habitación, se dirige a la puerta excusada, entra tras de mí en el palco y me mira con expresión de duda. A una seña mía deja la bebida sobre la mesa y se aleja, mirándome con curiosidad, pero sin decidirse a formular la pregunta que tiene en los labios. Volviéndole la espalda me apoyo en la barandilla del palco y contemplo el amplio local, completamente vacío, cuya arquitectura adquiere un aspecto raro y fantástico bajo los reflejos de mis dos luces. El telón se mueve por la corriente del aire. ¿Y si se levantara? ¿Si Doña Ana apareciese, asustada por los fantasmas? «¡Doña Ana!», exclamo involuntariamente.

La exclamación resuena en el local desierto y los espíritus de los instrumentos de la orquesta se despiertan... Una nota tiembla en el espacio como si en ella revolotease el nombre amado. No logro defenderme de un secreto estremecimiento, que, sin embargo, ejerce una influencia beneficiosa en mis nervios.

Soy dueño de mí mismo, y me encuentro dispuesto, mi querido Teodoro, a indicarte, por lo menos, lo que creo haber apreciado de la hermosa obra del divino maestro en su carácter profundo. Sólo el poeta comprende al poeta; sólo un espíritu romántico puede compenetrarse con lo romántico; sólo el espíritu poético exaltado, que en el templo recibió la consagración, puede comprender lo que el consagrado expresa en el momento de la exaltación. Si se estudia la poesía, el *Don Juan,* sin darle una significación profunda, sin tener en cuenta más que la parte histórica, apenas se comprende cómo Mozart pudo componer aquella música y darle una expresión tan poética. Un desahogado a quien le gustan sobremanera el vino y las mujeres, que de un modo provocador invita a su mesa alegre a la estatua que representa al anciano padre a quien ha matado en defensa propia..., en realidad no tiene nada de poético, y, mirándolo bien, tal hombre no es digno de que las fuerzas ultraterrenas lo señalen como favorito del infierno, ni de que la estatua, animada por el espíritu divino, baje del caballo para exhortarle a la penitencia en el último momento, ni de que al fin el demonio envíe uno de sus mejores secuaces para trasladarle a su reino con toda pompa. Puedes creerme, querido Teodoro: Don Juan fue dotado por la Naturaleza, como hijo predilecto, con todas las cualidades que hacen a los hombres asemejarse a los dioses, elevándolo sobre el nivel común, sobre los moldes corrientes, que sólo suelen ser como ceros dispuestos para colocar ante ellos un número cualquiera, y lo destinó a vencer y a dominar. Un cuerpo fuerte y hermoso; una organización que siente todos los anhelos de lo más alto; un espíritu profundo; una inteligencia clara. Pero las consecuencias terribles del pecado son las que dejan en poder del enemigo la fuerza para acechar a los hombres y colocarles trampas, con las que él tropieza en su lucha por lo más alto, demostración de su origen divino. El conflicto de las fuerzas celestiales con las infernales da origen a la noción de lo terreno, así como la victoria ganada es causa de la noción de la vida supraterrena. Don Juan se sentía fascinado por todos los atractivos de la vida, a que le conducían su organización corporal y espiritual, y un anhelo ardiente y eterno, que hacía correr su sangre ardiente por sus venas, le empujaba a correr insensato tras todas las cosas brillantes del mundo, esperando hallar al fin la satisfacción. No hay nada en el mundo que eleve tanto al hombre como el amor; él es el que, obrando oculto y con energía, revuelve y pone de relieve todos los elementos del ser humano; no tiene nada de extraño, por lo tanto, que Don Juan esperase acallar en el amor el ansia que destrozaba su pecho y que el demonio se aprovechase para echarle el lazo. Al espíritu de Don Juan le inspiró el enemigo eterno, la idea de que por medio del amor, de la posesión de la mujer, podía satisfacerse sobre la tierra lo que vive en nuestro pecho como celestial promesa y es el infinito anhelo que nos pone en relación directa con lo sobrenatural. Volando de una mujer hermosa a otra más hermosa hasta el hastío, hasta gozar de sus encantos en una borrachera destructora, creyendo siempre equivocada la elección, esperando siempre hallar la satisfacción del ideal, Don Juan llegó al fin a encontrar la vida sosa y sin atractivos, y mientras despreciaba a los hombres, se revolvía contra la representación que, considerada por él como lo más alto en la vida, lo engañara tan cruelmente. Ya no miraba a la mujer como la satisfacción de sus sentidos, sino como un medio de venganza de la Naturaleza y del Creador. Un profundo desprecio por la manera corriente de ver las cosas, por encima de la cual se consideraba, y un desdén aún mayor hacia los hombres que en sus amores felices, en sus uniones burguesas, no podían pensar ni en lo más mínimo en la satisfacción de los deseos nobles que la naturaleza traidora puso en nuestro ser, lo empujaban a revolverse y a tratar de hacer daño principalmente a esos seres desconocidos que, satisfechos de su suerte, le parecían malvados y monstruos que obraban en contra suya, llegando a salirles al encuentro, agresivo, siempre que se presentaba la ocasión. La seducción de una novia amada, un golpe asestado a la felicidad de un amante, es siempre un gran triunfo sobre esa fuerza enemiga que lo sacan de la estrechez de la vida..., que lo ponen por encima de la Naturaleza..., del Creador. Él, efectivamente, quiere salirse de la vida, pero para precipitarse en el infierno. La seducción de Ana, con todas las consecuencias, es el *summum* de su aspiración.

Doña Ana representa, en cuanto a las altas preferencias de la Naturaleza, lo contrario de Don Juan. Así como este por origen es un hombre fuerte y hermoso, ella es una mujer divina, sobre cuya alma para nada pueden las asechanzas del demonio. En cuanto Satanás ha consumado su perdición no se hace esperar, por designio del Cielo, la venganza. Don Juan invita en tono de burla a un banquete alegre a la efigie del asesinado anciano, y el espíritu transfigurado, que ve al hombre caído en el pecado, se aflige por él y no se desdeña de tomar un aspecto terrible para exhortarle a la penitencia. Pero su alma está tan pervertida, tan destrozada, que ni la bendición del Cielo logra llevarle la menor esperanza ni encaminarlo hacia el bien.

Habrás comprendido, querido Teodoro, que hablaba de la seducción de Doña Ana, y en este momento en que, sumido en mis ideas, me sobran las palabras, te diré lo más sucintamente posible que la música sola, sin el menor recuerdo del texto, me puso de relieve todas las circunstancias de la lucha de las dos naturalezas contrarias de Don Juan y de Doña Ana... ¿Será que Doña Ana estaba destinada por el Cielo a hacerle descubrir por medio del amor, que hasta aquel instante sólo le sirviera de perdición, sus cualidades divinas y arrancarle a la desesperación de sus esfuerzos inútiles? Demasiado tarde, en el momento del mayor de sus crímenes, la vio y no tuvo otro placer que perderla. No se pudo salvar. Cuando Don Juan huyó, el hecho estaba consumado. El fuego de una sensibilidad sobrenatural, fuego del infierno, inundó todo su ser e hizo imposible toda resistencia. Sólo él, sólo Don Juan, podía engendrar en Doña Ana la voluptuosa locura con que le abrazaba, haciéndole pecar con toda la furia arrolladora e irresistible de los espíritus infernales. Cuando después de cometida la hazaña quiso huir, entonces, Doña Ana se sintió atormentada por la idea insistente y terrible de su perdición, que se le aparecía como un monstruo horroroso, que destilase veneno... La muerte de su padre a manos de Don Juan; su unión con el frío, inhumano y ordinario Don Octavio, al cual un día creyó amar..., la misma llama amortiguada de su amor, que en el fondo de su alma existía, y en los momentos de placer se avivaba para arder con todo el ímpetu del odio inextinguible, todo esto le destrozaba el pecho. Comprendía que sólo la muerte de Don Juan lograría librarla de aquel martirio y llevar la paz a su alma; pero esta paz había de ser también su muerte terrena... Por lo tanto, excitaba a su novio a la venganza; perseguía por sí misma al traidor, y no comienza a recobrar la tranquilidad hasta que las fuerzas infernales no lo han arrastrado al infierno...; aun entonces no quiere ceder a las instancias del novio, deseoso de celebrar la boda. *Lascia, o caro, un anno ancora, allo sfogo del mio cor* [13]. No había de vivir ese año. Don Octavio no sería nunca el esposo de aquella hermosa a la que la piedad salvaría de ser eternamente la esposa de Satanás.

Todas estas sensaciones las sentía yo en lo profundo de mi alma a los tristes acordes de los recitados y en el relato de la sorpresa nocturna. La misma escena de Doña Ana en el segundo acto, *Crudele,* que vista por encima parece referirse a Don Octavio, expresa en sus secretas acusaciones, en admirables reflejos de su espíritu, toda la dicha terrena de que está poseída su alma. Lo cual asimismo está expresado en la frase del poeta, quizá dicha sin darse cuenta exacta de su significación: *Forse un giorno il Cielo ancora sentira pietà di me!* [14].

Sonaron las dos. Una sacudida eléctrica recorrió todo mi ser..., aspiré un suave aroma de un perfume italiano muy fino, el mismo que antes me hizo aspirar mi vecina; entonces me sentí invadido por una sensación deliciosa, que consideré imposible expresar de otro modo que con notas musicales. El aire se hizo más perceptible en el salón..., comenzó a oírse a lo lejos la orquesta, que suavemente atacaba las notas, y la voz de Doña Ana, que cantaba: *Non mi dir bell'idol mio!* [15]. ¡Ábrete, reino de los espíritus..., tu Dschinnistan [16], lleno de maravillas, donde se hallan las delicias de la tierra prometida! ¡Déjame penetrar en el recinto de las visiones divinas! Que el sueño, que tan pronto se aparece a los hombres como mensajero de alegría o de horrores, me conduzca, cuando mi cuerpo se halla preso bajo las ataduras del sopor material, a la región etérea.

---

[13]   Deja, amor mío, aún un año para que mi corazón se serene.

[14]   Quizá algún día el Cielo tenga lástima de mí.

[15]   No me llames ídolo mío.

[16]   En árabe, algo así como el reino de las hadas.

CONVERSACIÓN SOSTENIDA EN LA MESA,
QUE VA A MODO DE APÉNDICE

Un hombre serio, con una tabaquera en la mano y tamborileando en la tapa con los dedos:

—Es una cosa fatal que no podamos oír ya una ópera como es debido. De todo tiene la culpa la exageración.

Uno con cara de mulato:

—Es verdad; ya lo he dicho yo muchas veces. El papel de Doña Ana es muy sugestivo. Ayer estaba como iluminada. Durante todo el entreacto estuvo desmayada, y en la escena del segundo acto tuvo un ataque de nervios.

Un insignificante:

—Dice usted...

El de cara de mulato:

—Sí, un ataque de nervios, y no se pudo marchar del teatro.

Yo:

—Por Dios..., ¿será cosa de cuidado? ¿Volveremos a oír a la *signora?*

El hombre serio de la tabaquera, tomando un poco de rapé:

—Es muy difícil, pues la *signora* ha muerto esta madrugada, a las dos en punto.

EL CONSEJERO KRESPEL

El consejero Krespel era uno de los hombres más extraordinarios con que he tropezado en mi vida. Cuando fui a H... para pasar una temporada, toda la ciudad hablaba de él, pues acababa de realizar una de sus excentricidades. Krespel era famoso como hábil jurista y como diplomático. Un príncipe reinante de Alemania, de segunda categoría, se había dirigido a él para que redactase una Memoria en la que quería hacer constar sus bien fundados derechos a cierto territorio y que pensaba dirigir al emperador. Consiguió su objeto, y recordando que Krespel se había lamentado una vez de no encontrar casa a su gusto, se le ocurrió al príncipe, para recompensarle por su obra, comprar la casa que eligiera Krespel; este no aceptó el regalo en esta forma, sino que insistió en que se le hiciera la casa en el hermoso jardín que había a las puertas de la ciudad. Compró toda clase de materiales y los llevó allí; luego se le vio, durante días enteros, con su extraordinaria vestimenta —que se mandaba hacer según modelos especiales—, matar la cal, cribar la arena, amontonar ladrillos, etc. No trató con ningún maestro de obras ni pensó siquiera en un plano. Un buen día se fue a ver a un maestro de obras de H... y le rogó que a la mañana siguiente, al amanecer, estuviera en el jardín con oficiales, peones y ayudantes para edificar la casa. El maestro de obras le preguntó, como era natural, por el proyecto, y se asombró no poco cuando Krespel le respondió que no lo necesitaba y que todo saldría bien sin él. Cuando al día siguiente, el maestro y sus obreros estuvieron en el sitio indicado, se encontraron con una hondonada cuadrada, y Krespel le dijo:

—Aquí hay que fundar los cimientos de mi casa, y luego las cuatro paredes, que subirán a la altura que yo diga.

—¿Sin puertas ni ventanas? ¿Sin muros de través? —preguntó el maestro, asustado de la locura de Krespel.

—Ni más ni menos que como le digo, buen hombre —repuso Krespel tranquilamente—. Lo demás ya irá saliendo.

Sólo la promesa de una recompensa crecida pudo convencer al maestro para edificar tan extraño edificio; pero jamás se ha hecho nada con más alegría, pues los obreros, que no abandonaban la obra porque allí se les daba de comer y de beber espléndidamente, levantaban las paredes con gran rapidez, hasta que un día Krespel dijo:

—Basta ya.

Pararon los martillos y las llanas; los obreros se bajaron de los andamios y rodearon a Krespel preguntándole muy sonrientes:

—¿Qué hacemos ahora?

—¡Dejadme pensarlo! —exclamó.

Y se marchó corriendo al extremo del jardín, desde donde volvió muy despacio hasta el cuadrado construido; al llegar al muro movió la cabeza de mal humor, se dirigió al otro extremo del jardín, volvió a la edificación y repitió los mismos gestos de antes. Varias veces realizó la operación, hasta que al fin, corriendo, con la cabeza levantada hacia el muro, exclamó:

—Aquí, aquí me tenéis que abrir la puerta.

Dio las medidas en pies y pulgadas y se hizo como él quiso. Entró en la casa sonriendo satisfecho, cuando el maestro le hizo observar que las paredes tenían la altura de una casa de dos pisos corrientes. Krespel recorrió el recinto muy preocupado, llevando detrás a los obreros con los picos y los martillos, y de repente gritó:

—Aquí una ventana de seis pies de altura y cuatro de ancho... Allí una ventanita de tres pies de alto y dos de ancho.

E inmediatamente quedaron abiertas.

Precisamente en esta ocasión fue cuando yo llegué a H..., y era muy divertido ver cientos de personas que rodeaban el jardín lanzando gritos de júbilo cada vez que caían las piedras dando forma a una ventana donde menos se lo podía figurar nadie. El resto de la casa y todos los trabajos necesarios para ella los hizo Krespel del mismo modo, colocando todas las cosas según se le ocurría en el momento. Lo cómico del caso, el convencimiento cada vez más cierto de que al cabo todo se acomodaría mejor de lo que era de esperar, y sobre todo la liberalidad de Krespel, completamente natural en él, tenía a todos muy contentos. Las dificultades que surgieron con aquella manera absurda de edificar se fueron venciendo poco a poco y no mucho tiempo después se veía una hermosa casa que por fuera tenía un aspecto extraño, puesto que ninguna de las ventanas eran iguales, pero en el interior tenía todas las comodidades posibles. Todos los que la veían lo aseguraban así, y yo mismo pude convencerme de ello cuando me la enseñó Krespel después de conocerme. Hasta aquel momento, yo no había hablado con este hombre extravagante, pues la obra le tenía tan ocupado que no acudió ni un solo día, como era costumbre suya, a las comidas de los martes en casa del profesor M..., y le contestó a una invitación especial, que mientras no inaugurase su casa no saldría a la puerta de la calle. Todos los amigos y conocidos esperaban una gran comida con tal motivo; pero Krespel no invitó más que al maestro, con los oficiales, los peones y los ayudantes que edificaron su casa. Los obsequió con los más exquisitos manjares; los albañiles devoraron sin tino pasteles de perdiz; los carpinteros de armar se atracaron de faisanes asados, y los peones, hambrientos, se hartaron por aquella vez de *fricasse* de trufas. Por la noche acudieron sus mujeres y sus hijas y se organizó un gran baile. Krespel bailó un poco con la mujer del maestro; luego se colocó junto a los músicos y, tomando un violín, dirigió la música hasta el amanecer. El martes siguiente a esta fiesta, que el consejero Krespel dio en honor del pueblo, lo encontré al fin, con gran alegría por mi parte, en casa del profesor M... Cosa más extraña que la manera de presentarse de Krespel no se puede dar. Tieso y desgarbado, a cada momento se figuraba uno que iba a tropezar con algo y hacer una tontería; no ocurrió así, sin embargo, a pesar de que más de una vez la dueña de la casa palideció al verlo moverse alrededor de la mesa donde estaban las preciosas tazas, o cuando maniobraba delante del magnífico espejo que llegaba al suelo, o cuando cogía el jarrón de porcelana y lo alzaba en el aire para contemplar sus colores. En el despacho del profesor fue donde Krespel hizo más cosas raras por curiosearlo todo, llegando hasta a subirse en una butaca tapizada para alcanzar un cuadro y volverlo luego a colgar. Habló mucho y con vehemencia, saltando de un asunto a otro —sobre todo en la mesa—, o insistiendo en una idea como si no pudiera apartarse de ella y metiéndose en un laberinto en el que no se lograba entenderle, hasta que por fin dejaba el tema y la emprendía con otro. Su voz era unas veces alta y chillona, otras apenas perceptible, otras cantarina, y nunca estaba de acuerdo con lo que Krespel decía. Se hablaba de música, encomiando a cierto compositor, y Krespel se echó a reír, diciendo con su voz cantarina:

—Yo quisiera que el demonio, con su negro plumaje, metiera en el infierno, a diez mil millones de toesas, al maldito retorcedor de notas.

Y luego, alto y con vehemencia:

—Es un ángel del cielo, que dedica a Dios sus notas. Su canto es todo luz.

Y se le saltaban las lágrimas.

Hubo que hacer un esfuerzo para recordar que una hora antes habíamos estado hablando de una cantante. Se sirvió asado de liebre, y yo observé que Krespel limpiaba con mucho cuidado los huesos que le tocaron y trató de obtener informaciones precisas de las patas de la liebre, las cuales le dio, sonriendo amablemente, la hija del profesor, muchacha de cinco años. Los niños miraron al consejero con mucha amabilidad durante la comida, y al terminar se levantaron y se acercaron a él, pero con cierto respeto y manteniéndose a tres pasos de distancia.

«¿Qué va a ocurrir aquí?», me pregunté a mí mismo.

Se alzaron los manteles; el consejero sacó del bolsillo una cajita, en la cual tenía un torno de acero, lo sujetó a la mesa y empezó a tornear con gran habilidad y rapidez con los huesos de la liebre toda clase de cajitas y libritos y bolitas, que los chicos acogieron con gran algazara.

En el momento de levantarnos de la mesa, la sobrina del profesor preguntó:

—¿Qué hace nuestra querida Antonieta, querido consejero?

Krespel puso una cara como la del que muerde una naranja agria y quiere demostrar que le ha sabido dulce, convirtiéndose esta expresión en otra completamente hosca y en la que se podía vislumbrar, a mi parecer, mucho de ironía infernal.

—¿Nuestra? ¿Nuestra querida Antonieta? —preguntó con voz arrastrada y desagradable.

El profesor acudió en seguida. En la mirada amenazadora que dirigió a su sobrina comprendí que había tocado una cuerda sensible en Krespel.

—¿Cómo va con el violín? —le preguntó el profesor, cogiendo al consejero las dos manos.

El rostro de Krespel se alegró, y con su tono de voz fuerte respondió:

—Perfectamente, querido profesor. Hoy mismo, he abierto el magnífico violín de Amati [1], del que ya le conté por qué casualidad vino a parar a mis manos. Espero que Antonieta habrá desmontado lo restante.

—Antonieta es una buena chica —continuó el profesor.

—Así es, en efecto —repuso el consejero.

Y cogiendo su sombrero y su bastón salió precipitadamente del cuarto.

En el espejo vi sus ojos húmedos de lágrimas.

En cuanto se hubo marchado insté al profesor para que me dijera qué tenía que ver con el violín y sobre todo con Antonieta.

—¡Ah! —exclamó el profesor—. Así como el consejero es en todo un hombre extraño, del mismo modo resulta en la construcción de violines.

---

[1] Los Amati de Cremona eran unos constructores de violines famosos en el siglo XVII.

—¿En la construcción de violines? —pregunté asombrado.

—Sí —siguió el profesor—. Krespel construye los mejores violines que se pueden hallar en nuestra época, según la opinión de los entendidos; antes solía permitir algunas veces que alguien tocase en ellos, pero hace mucho tiempo que no ocurre así. En cuanto construye un violín toca con él una o dos horas, con gran fuerza y expresión, y luego lo cuelga junto a los otros que posee, sin volver a tocarlo ni permitir que nadie lo toque. Cuando encuentra en cualquier parte un violín de un maestro famoso, lo compra al precio que sea, toca en él una vez, lo deshace para ver cómo está construido y, si no encuentra lo que busca, lo tira a una gran caja llena de violines deshechos.

—¿Y quién es Antonieta? —pregunté con vehemencia.

—Esa sería una cosa —repuso el profesor— que me induciría a despreciar al consejero si no estuviera convencido de que en el fondo hay algo que está unido al carácter bondadoso de Krespel. Cuando, hace muchos años, el consejero llegó a H... vivía como un anacoreta, con un ama de gobierno, en una casa oscura de la calle de... Sus excentricidades despertaron la curiosidad de los vecinos, y en cuanto él lo advirtió buscó y encontró amistades. Lo mismo que en mi casa, se habituaron a él en todas partes, al punto de resultar indispensable. No obstante su exterior áspero, los niños le tomaban cariño en seguida, sin llegar nunca a molestarle, pues a pesar de sus familiaridades siempre le profesaron un cierto respeto que le ponía a cubierto de los abusos. Ya ha visto usted cómo sabe ganarse el afecto de los niños. Todos le teníamos por solterón y nunca protestó por ello. Después de llevar aquí algún tiempo hizo un viaje, nadie supo a dónde, y regresó a los pocos meses. A la noche siguiente del regreso de

Krespel se vieron las ventanas de su casa iluminadas de un modo inusitado, lo cual llamó la atención de los vecinos, y mucho más al oír una voz de mujer que cantaba acompañada por un piano. Luego sonaron las cuerdas de un violín, haciendo la competencia a la voz. Se supo que quien tocaba era el consejero. Yo mismo figuraba entre la multitud que el extraordinario concierto reunió delante de su casa, y puedo asegurarle a usted que en mi vida he oído nada parecido y que el arte de las más famosas cantantes me resultó en aquel momento soso y sin atractivos. No tenía la menor idea de aquellas notas sostenidas, de aquellos arpegios, de aquel subir hasta lo más alto del órgano y descender hasta lo más bajo. No hubo una sola persona que no se sintiera invadida por el encanto dulcísimo, y cuando la cantante calló sólo se oyeron suspiros. Sería ya media noche cuando oímos hablar al consejero; al parecer y por el tono, otra voz masculina le hacía reproches, y una voz de mujer que se quejaba. Cada vez con más vehemencia gritaba el consejero, hasta que al fin habló en el tono bajo que usted conoce. Un grito más alto de la mujer le interrumpió; luego todo quedó en silencio de muerte. De súbito se abrió la puerta y apareció en ella un joven que sollozando se metió en una silla de posta que estaba parada allí cerca y que desapareció inmediatamente. Pocos días después, se presentó el consejero muy satisfecho y nadie tuvo valor para preguntarle nada sobre aquella famosa noche. El ama de gobierno contó a los que le preguntaron que su amo había traído una joven lindísima que se llamaba Antonieta y que era la que cantaba tan primorosamente. También los acompañó un joven que se mostraba muy obsequioso con Antonieta y que debía de ser su novio; pero por voluntad de Krespel se había marchado en seguida. Las relaciones de Antonieta con el consejero son hasta ahora un secreto; pero lo cierto parece que tiraniza de un modo cruel a la pobre muchacha. La guarda como el Doctor Bartolo de *El barbero de Sevilla* a su pupila, al punto que apenas si la permite asomarse a la ventana. Si alguna vez, y a fuerza de muchos ruegos, la lleva a una reunión, la persigue con mirada de Argos y no permite que cante ni toque ni siquiera una nota, cosa que, por lo demás, tampoco hace dentro de casa. El canto de Antonieta en aquella famosa noche ha llegado a ser para la ciudad como una fantasía o una leyenda maravillosa, y hasta los que la oyeron suelen decir cuando oyen a alguna cantante que viene: «Valiente flauta. La única que sabe cantar es Antonieta».

Usted sabe que yo soy muy aficionado a estas cosas fantásticas y, por lo tanto, comprenderá que fue para mí una necesidad el conocer a Antonieta. Había oído muchas veces la opinión del público sobre el canto de Antonieta; pero no sospechaba yo que la maravilla estuviese en este mismo pueblo y encerrada y tiranizada por Krespel. Consecuencia natural de mi fantasía fue oír a la noche siguiente el canto de Antonieta, y como quiera que en un adagio —que me resultó tan risible como si lo hubiera compuesto yo— me conjuró del modo más conmovedor a que la salvase, decidí penetrar en casa de Krespel como Astolfo en el castillo encantado de Alcineo y salvar a la reina del canto[2].

Pero ocurrió precisamente lo contrario de lo que yo pensara, pues apenas vi dos o tres veces al consejero y hablé con él sobre la estructura de los violines me invitó a visitar su casa. Así lo hice y me enseñó todo el tesoro que

---

[2] Ariosto: *Orlando furioso.*

poseía en violines. En una habitación había colgados unos treinta, entre ellos uno que tenía todas las trazas de una respetable antigüedad —con cabezas de león talladas, etcétera— y que, colgado un poco más alto que los demás y con una corona de flores, parecía reinar sobre los otros.

—Este violín —dijo Krespel, respondiendo a mis preguntas—, este violín es muy notable; es una pieza admirable de un maestro desconocido; a mi parecer, de tiempos de Tartini[3]. Estoy convencido de que en el fondo de su estructura hay algo especial y que en cuanto lo desarme descubriré el secreto tras el cual ando hace mucho tiempo; pero... ríase de mí si quiere..., esta cosa muerta, que sólo vive mediante mi mano, me habla a veces de un modo extraño, y el día que toqué este violín por primera vez me pareció que yo no era sino el magnetizador que despertaba a la sonámbula que me anunciaba su presencia con palabras armoniosas. No crea usted que soy tan tonto que dé importancia a tales fantasías; pero lo que sí puedo asegurarle es que no me he atrevido a deshacer este instrumento. Y ahora me alegro de no haberlo hecho, pues desde que Antonieta está aquí toco en él y a la muchacha le gusta mucho oírlo.

Estas palabras las pronunció el consejero muy conmovido, lo cual me animó a preguntarle:

—Mi querido amigo, ¿no querría usted hacerlo también en mi presencia?

Krespel puso un gesto agridulce y me respondió con su voz arrastrada y cantarina:

—No, querido compañero.

---

[3] Giuseppe Tartini (1692-1770), violinista italiano, notable autor de la *Sonata del diablo*.

Con aquella respuesta quedaba la cosa indefinidamente aplazada. Luego me entretuvo enseñándome toda clase de rarezas, y al fin cogió una cajita, y sacando de ella un papel me lo puso en la mano diciéndome:

—Usted es un aficionado al arte; acepte este obsequio como un recuerdo que le ha de ser caro sobre todas las cosas.

Y con estas palabras me empujó suavemente hacia la puerta y me abrazó en el umbral. En realidad, me había puesto de patitas en la calle. Cuando desdoblé el papel me encontré con un trocito como de una octava de pulgada de una prima y un letrerito que rezaba: «De la prima que tenía el violín de Stamitz cuando dio su último concierto».

El modo con que me echó de su casa Krespel cuando hice mención de Antonieta pareció demostrarme que nunca llegaría a verla; pero no fue así, pues el día que fui a visitar por segunda vez al consejero la encontré en el cuarto de este, ayudándole a armar un violín. El aspecto exterior de Antonieta no era nada notable a primera vista; pero fijándose en ella quedaba uno suspenso de sus ojos azules y de sus hermosos labios rojos y de su aire dulce y amable. Estaba muy pálida; pero apenas se decía algo espiritual o alegre sonreía dulcemente, arrebolándose sus mejillas, que luego quedaban cubiertas de un ligero rubor. Sin encogimiento alguno hablé con Antonieta, sin advertir durante la conversación la mirada de Argos del consejero que le atribuyera el profesor; antes al contrario, continuó en su actitud corriente y hasta me pareció que aprobaba mi conversación con la joven. Repetí con alguna frecuencia las visitas a casa del consejero, y ocurrió que los tres nos habituamos a vernos y formamos un círculo muy agradable. Krespel me resultaba sumamente divertido con sus bromas; pero lo que me producía un verdadero encanto y me hacía soportar toda clase de cosas que en cualquier ocasión me habrían hecho impacientar, era Antonieta. En las rarezas y excentricidades propias del consejero se mezclaba mucho de soso y aburrido. Sobre todo observé que en cuanto hablábamos de música, particularmente de canto, sonreía con su expresión diabólica y decía alguna cosa incongruente y vulgar con la voz cantarina. En la profunda turbación que en tales momentos se leía en las miradas de Antonieta advertí claramente que aquello tenía por objeto evitar que yo le pidiera que cantase. No me di por vencido. Con los obstáculos que Krespel me ponía creció mi deseo de vencerlos y de oír cantar a Antonieta para no ahogarme en sueños y ansias. Una noche estaba Krespel de extraordinario buen humor; había desarmado un violín antiguo de Cremona, encontrándose con que el alma estaba colocada media línea más inclinada de lo usual. ¡Oh admirable experiencia!

Conseguí que se entusiasmase hablando del arte de tocar el violín. La manera de interpretar los grandes maestros, los verdaderos cantantes de que hablaba Krespel, trajo sin buscarla la observación de que ahora se volvía sin poderlo remediar a la afectación instrumentalista que tanto dañaba al canto.

—¿Hay nada más insensato —exclamé yo, levantándome presuroso y dirigiéndome al piano, que abrí sin más rodeos—, hay nada más insensato que esa manera retorcida que en vez de música parece como si las notas fuesen guisantes vertidos en el suelo?

Canté algunas de las fermatas modernas, que sonaban a ratos como un peón suelto, desafinando en algún momento a sabiendas. Krespel se reía con toda su alma.

—¡Ja, ja! Me parece que estoy oyendo a uno de nuestros italianos-alemanes o alemanes-italianos atreverse con un aria de Pucitta[4], o de Portogallo[5] o de cualquier otro *maestro di capella o schiavo d'un primo uomo*.

Creí que había llegado el momento.

—¿No es verdad —dije, dirigiéndome a Antonieta—, no es verdad que Antonieta no sabe nada de estos canturreos?

E inmediatamente entoné una deliciosa canción del viejo Leonardo Leo[6]. Se arrebolaron las mejillas de Antonieta, sus ojos brillaron con brillo inusitado, se acercó al piano..., abrió los labios..., pero en el mismo instante la separó Krespel; me cogió a mí por los hombros y exclamó en voz chillona de tenor:

—Hijito... Hijito... Hijito.

Y luego continuó, murmurando a media voz y cogiéndome de la mano:

—En realidad, faltaría a todas las leyes de la urbanidad y a todas las buenas costumbres, mi querido señor estudiante, si expresase en alta voz mi deseo vivo y ferviente de que el mismísimo demonio le agarrase en este momento por el pescuezo y le llevase a sus dominios; sin llegar a eso, puede usted comprender, querido, que como está muy oscuro y no hay faroles encendidos, si yo le echara por la escalera abajo es posible que se hiciera usted daño en algún miembro importante. Lárguese de mi

---

[4] Nicolo Pucitta, compositor italiano cuya primera ópera se representó en 1802.

[5] Marcus Antonio Portugal «Portogallo» (1762-1830), el famoso y prolífico compositor portugués.

[6] Leonardo Leo (1694-1746), compositor que supo dar una expresión muy inspirada a sus himnos.

casa, pues, sin dilación y recuerde con todo el cariño que quiera a su buen amigo, a cuya casa..., entiéndalo bien..., a cuya casa no debe volver nunca.

Con estas palabras me abrazó y se volvió, sujetándome bien, dirigiéndose hacia la puerta de modo que no me fue posible mirar a Antonieta. Comprenderá usted que en mi situación no era posible que yo pegase al consejero, que era lo único que se me ocurría. El profesor se rió mucho de mí y me aseguró que el consejero había acabado para él. Hacer el amor al pie de la ventana y rondar la casa no entraba en mis cálculos, pues para ello estimaba demasiado a Antonieta, mejor dicho, la consideraba como sagrada. Dolorido profundamente, abandoné H...; pero, como suele suceder, los vivos colores de aquel cuadro fantástico fueron palideciendo, y Antonieta y su voz, que nunca había oído, se me representaron al cabo del tiempo como una luz rosada.

A los dos años estaba yo en B... y emprendí un viaje por el sur de Alemania. En el crepúsculo rojizo aparecieron ante mi vista las torres de H... Conforme me iba acercando a la ciudad me sentía invadido de un sentimiento de angustia inexplicable; parecía como si me hubieran puesto en el pecho un peso enorme; no podía respirar; tuve que salirme del coche. Aquella opresión llegó a producirme hasta dolor físico. Al rato creí oír los acordes de un coro que flotaban en el aire..., se hicieron más precisas las notas; distinguí notas masculinas que cantaban un himno religioso.

—¿Qué es eso? ¿Qué es eso? —pregunté, sintiendo como si me atravesasen el pecho con un puñal.

—¿No lo ve usted? —respondió el postillón, que iba sentado junto a mí—. ¿No ve usted que están enterrando a una persona en el cementerio?

La verdad era que estábamos junto al cementerio, y advertí un círculo de personas vestidas de negro que se mantenían alrededor de una fosa que estaban cubriendo. Las lágrimas se me saltaron, y me pareció como si allí estuviesen enterrando toda la alegría de la vida. Bajamos rápidamente la colina y desapareció el cementerio; el coro se calló y no lejos de la puerta vi a unos cuantos señores en traje de luto que regresaban del entierro. El profesor y su sobrina iban cogidos del brazo, muy enlutados, y pasaron junto a mí sin conocerme. La sobrina se tapaba los ojos con el pañuelo y sollozaba violentamente. No me fue posible penetrar en la ciudad; envié a mi criado con el equipaje a la fonda en que había de alojarme y me dediqué a correr por aquellos contornos, tan conocidos para mí, con objeto de librarme de una sensación que quizá no tuviera por causa más que el efecto físico del calor del viaje, etc. Cuando penetré en la avenida que conduce a un sitio de recreo, se presentó ante mi vista el espectáculo más extraño que pueda darse. El consejero Krespel iba conducido por dos hombres, de los cuales quería a todo trance escapar con los saltos más extraordinarios. Como de costumbre, iba vestido con una levita gris cortada por él mismo, y en el sombrero de tres picos, echado materialmente sobre una oreja, llevaba un crespón que ondeaba al viento. Pendía de su cintura un tahalí negro, pero en lugar de espada llevaba metido en él un arco de violín. Me quedé helado. «Está loco», pensé, siguiéndole despacito. Aquellos hombres condujeron a Krespel hasta su casa y él los abrazó con grandes risas. Lo dejaron allí, y entonces dirigió la vista hacia donde yo me encontraba, casi a su lado. Me miró fijamente un rato y luego dijo con voz sorda.

—Bienvenido, señor estudiante... Ya comprende usted.

Y cogiéndome por el brazo me arrastró a la casa..., me hizo subir la escalera y me metió en el aposento donde estaban colgados los violines. Todos ellos tenían una cubierta de crespón. Faltaba el violín del maestro antiguo y en su sitio había colgado una corona de hojas de ciprés... Comprendí lo que había sucedido.

—¡Antonieta! ¡Ay, Antonieta! —exclamé sin consuelo. Krespel estaba junto a mí como petrificado, con los brazos cruzados. Yo le señalé a la corona de ciprés.

—Cuando murió ella —comenzó a decir el consejero con voz cavernosa—, cuando murió se rompió el alma de aquel violín y la caja se hizo mil pedazos. No podía vivir más que con ella y dentro de ella; se puso en la caja y fue enterrado con ella.

Conmovido a más no poder, caí en una butaca. El consejero comenzó a cantar con voz ronca una canción alegre. Era un espectáculo tristísimo el verle saltar de un lado para otro y el crespón, flotando por el cuarto —tenía el sombrero puesto—, enganchándose en los violines. No pude contener un grito una vez que me rozó el crespón; me pareció como si me arrastrara a los profundos abismos de la locura.

De repente, Krespel se quedó tranquilo, y en su tono cantarín comenzó a decir:

—Hijito..., hijito..., ¿por qué gritas de ese modo? ¿Has visto al ángel de la muerte? Eso sucede siempre antes de la ceremonia.

Se colocó en medio del aposento, sacó de la vaina el arco de violín, lo levantó por encima de su cabeza y lo partió en pedazos. Y riendo a carcajadas exclamó:

—Crees que se ha roto, hijito, ¿no es verdad? Pues no lo creas..., no es así..., no es así... ¡Ahora estoy libre..., libre..., libre..., libre! ¡Ya no construiré ningún violín..., ninguno..., ninguno!

Y empezó a entonar una dulce melodía y a bailar a sus acordes en un pie. Lleno de espanto quise alcanzar la salida, pero Krespel me sostuvo y muy tranquilo comenzó a decir:

—Quédese, querido amigo; no considere locura la expresión del dolor que me martiriza mortalmente, y crea que todo ha sucedido por haberme hecho una bata con la que quería tener el aspecto de la Suerte o de Dios.

El consejero siguió diciendo todo género de incoherencias hasta que se quedó completamente agotado. A mi llamamiento acudió el ama de llaves y me sentí muy feliz cuando me vi libre de aquella especie de pesadilla. No dudé un momento de que Krespel se había vuelto loco, pero el profesor creía lo contrario.

—Hay hombres —decía— a los que la Naturaleza o una fatalidad cualquiera les arranca la cubierta con que los demás ocultamos las tonterías. Lo que para nosotros queda en pensamiento, Krespel lo pone en acción. Arrastrado por la amarga ironía espiritual, Krespel hace y dice tonterías. Pero esto es sólo su pararrayos. Devuelve a la tierra lo que es de la tierra y sabe conservar lo divino, continuando en perfecto estado en su interior, a pesar de las locuras que hace. La muerte repentina de Antonieta le ha sido muy dolorosa, pero apostaría a que mañana mismo el consejero continúa dando sus coces habituales.

Y verdaderamente ocurrió una cosa parecida a lo predicho por el profesor. Al día siguiente, Krespel estaba poco más o menos como antes; pero declaró que nunca más volvería a construir un violín ni a tocarlo. Según he sabido después, cumplió su palabra.

Las indicaciones del profesor fortalecieron mi íntimo convencimiento de que la relación, oculta tan cuidadosamente, de Antonieta con el consejero y su misma muerte eran un remordimiento para él que, con seguridad, llevaba aparejada cierta culpa. No quería abandonar H... sin reprocharle el crimen que yo presentía; deseaba llegar hasta su alma para provocar la completa confesión del horrible hecho. Cuanto más pensaba en ello, más claro veía que Krespel era un malvado y más firmemente me aferraba a la idea de espetarle un discurso que, desde luego, pensaba yo que habría de ser una obra maestra de retórica. Así dispuesto y muy sofocado acudí a casa del consejero. Lo encontré torneando juguetes, con su sonrisa tranquila.

—¿Cómo es posible —comencé a decirle sin preparación alguna—, cómo es posible que pueda usted disfrutar de un instante de paz sin sentirse atormentado por el recuerdo del horrible hecho cometido por usted y que debiera producirle siempre el efecto de la picadura de una víbora?

Krespel me miró sorprendido, dejando el cincel a un lado.

—¿Qué quiere usted decir, amigo mío? —me preguntó—. Siéntese en esa silla.

Muy excitado continué mi perorata, entusiasmándome más y más, acusándole de haber asesinado a Antonieta y amenazándole con la venganza eterna. Más celoso que ningún abogado, llegué hasta a asegurarle que procuraría averiguar todos los detalles de la cosa hasta conducirle ante el juez. Me desconcertó un tanto el ver que, cuando terminé mi pomposo discurso, el consejero me miró muy tranquilo sin responder una palabra, como si esperase a que siguiera hablando. Lo intenté, en efecto, pero me salió tan torpe y tan estúpido todo lo que dije, que me callé en seguida. Krespel gozó en mi confusión y su cara se iluminó con una sonrisa irónica. Luego recobró su seriedad y comenzó con tono grave:

—Joven: puedes considerarme loco o tonto; te lo perdono, pues los dos estamos encerrados en el mismo manicomio y te parece mal que yo me tenga por el Dios padre sólo porque tú te tienes por el Dios hijo; pero ¿cómo te atreves a querer meterte en una vida y a atar sus hilos, que son y serán siempre extraños para ti? Ella se ha ido y el secreto ha desaparecido.

Krespel se quedó pensativo; se levantó y dio dos o tres pasos por la habitación. Yo me atreví a rogarle que me aclarase el misterio; él me miró fijamente, me cogió de la mano y me llevó a la ventana, abriendo las dos hojas. Se asomó a ella, y con los brazos apoyados en el alféizar, me contó la historia de su vida. Cuando terminó me separé de él confuso y avergonzado.

Me explicó de la siguiente manera sus relaciones con Antonieta:

A los veinte años, su pasión favorita llevó a Krespel a Italia en busca de los violines de los mejores maestros. Entonces aún no los construía él y no se atrevía, por tanto, a desarmar los que caían en sus manos. En Venecia oyó a la famosa cantante Ángela..., que figuraba como primera parte en el teatro de San Benedetto. Su entusiasmo no se limitó a la parte artística, sino que se extendió a su belleza angelical. Krespel trabó amistad con Ángela, y a pesar de su carácter áspero logró conquistarla, particularmente por su pericia en tocar el violín. Las relaciones los llevaron en poco tiempo al matrimonio, que convinieron en mantener secreto, pues Ángela no quería retirarse del teatro ni cambiar el nombre que tantos triunfos le proporcionara por el poco armonioso de Krespel.

Con ironía mezclada de rabia, me pintó Krespel el martirio que hubo de sufrir una vez casado con Ángela. Toda la terquedad y la mala educación de todas las cantantes de primera fija juntas se encerraban en la figurita de Ángela. Si alguna vez trataba de hacerse el fuerte, Ángela le ponía delante todo un ejército de abates, maestros y académicos que, ignorantes de sus relaciones verdaderas, le consideraban como el adorador impertinente, sólo consentido por la bondad excesiva de la dama. Después de una escena de esta clase, bastante borrascosa, Krespel huyó a la casa de campo de Ángela y procuró olvidar las tristezas del día fantaseando en su violín de Cremona. No llevaba mucho tiempo tranquilo cuando su mujer, que salió casi inmediatamente detrás de él, apareció en el salón. Llegaba del mejor humor y, dispuesta a mostrarse amable, abrazó a su marido y, mirándole con dulzura, apoyó la cabeza en su hombro. Pero Krespel, ensimismado en el mundo de la música, continuó tocando el violín, haciendo repercutir sus ecos, y sin querer rozó a Ángela con el brazo y el arco. Ella se retiró furiosa. *Bestia tedesca!*, exclamó con ira; y arrancando a su marido el arco de la mano lo partió en mil pedazos contra la mesa de mármol. El consejero se quedó como petrificado ante aquella explosión de furor, y luego, como despertando de un sueño, cogió a su mujer con fuerzas hercúleas, la arrojó por la ventana de su casa y, sin preocuparse de más, huyó a Venecia y después a Alemania. Algún tiempo más tarde, comprendió lo que había hecho. Aunque sabía que la ventana sólo estaba a unos cinco pies del suelo y que en aquellas circunstancias no hubiera podido hacer otra cosa que lo que hizo, se sentía atormentado por cierta inquietud, tanto más cuanto que su mujer le había dado a entender que se hallaba en estado de buena esperanza. No se atrevía a hacer indagaciones, y le sorprendió sobremanera el que al cabo de ocho meses recibió una carta amabilísima de su adorada esposa, en la que no hacía la menor alusión al suceso de la casa de campo y le daba la noticia de que tenía una linda hijita, manifestándole al tiempo sus esperanzas de que el *marito amato e padre felicissimo* no tardaría en ir a Venecia. Krespel no fue allá; valiéndose de un amigo se enteró de todo lo ocurrido desde el día de su precipitada fuga, y supo que su mujer había caído sobre la hierba como un pajarillo ligero, sin sufrir el más mínimo daño en la caída. El acto heroico de Krespel hizo en su mujer una impresión extraordinaria, produciendo un verdadero cambio; no volvió a dar muestras de mal humor ni de caprichos estúpidos, y el maestro que trabajaba con ella se sentía el hombre más feliz del mundo porque la *signora* cantaba sus arias sin obligarle a hacer las mil variaciones que solía. El amigo le aconsejaba, sin embargo, que mantuviese en secreto el método de curación empleado con Ángela, pues, de divulgarse, se vería a las cantantes salir a diario por las ventanas. Krespel se emocionó mucho; mandó enganchar; se metió en el coche; pero de repente exclamó: «Alto. ¿No es posible —se dijo a sí mismo— que en cuanto me vuelva a ver se sienta otra vez acometida por el mal espíritu y volvamos a las mismas de antes? Una vez la tiré por la ventana: ¿qué habría de hacer en otro caso semejante? ¿Qué me queda?». Se apeó del coche, escribió una cariñosa carta a su mujer expresándole lo mucho que agradecía su amabilidad al decirle que la hijita tenía como él una pequeña marca detrás de la oreja, y... se quedó en Alemania. La respuesta fue muy expresiva. Protestas de amor..., invitaciones..., quejas por la ausencia del amado..., esperanzas, etc., recorrieron constantemente el camino de Venecia a H... y de H... a Venecia. Ángela fue por fin a Alemania y deslumbró como *prima donna* en el teatro de F... A pesar de no ser ya joven, deslumbró a todos con el encanto de su voz, que no había perdido nada. Entretanto, Antonieta había crecido y la madre se deshacía en elogios de la manera de cantar de la niña. Los amigos que Krespel tenía en F... se lo confirmaron, instándole a ir a F... para admirar a las dos sublimes cantantes. Pocos sospechaban el parentesco tan cercano que le unía a ellas. Krespel hubiese visto de muy buena gana a su hija, a la que quería de verdad y con la cual soñaba con frecuencia; pero en cuanto pensaba en su mujer, se ponía de mal humor y se quedaba en su casa, entre sus violines desarmados.

Habrá usted oído hablar del compositor B..., de F..., que desapareció de repente sin saber cómo, o quizá le haya conocido. Este individuo se enamoró de Antonieta locamente, y, como quiera que ella le correspondiera, rogó a su madre que consintiera en una unión que había de ser beneficiosa para el arte. Ángela no se opuso, y el consejero accedió también, con tanto más gusto cuanto que las composiciones del joven maestro habían encontrado favor en su severo juicio. Krespel esperaba recibir noticias de haberse consumado el matrimonio, pero, en vez de esto, llegó un sobre de luto escrito por mano desconocida. El doctor B... anunciaba a Krespel que Ángela había enfermado de un grave enfriamiento a la salida del teatro, y, que precisamente la noche antes de ser pedida Antonieta, había muerto. Ángela le había confesado que era mujer de Krespel, y Antonieta, por lo tanto, hija suya, y le rogaba que se apresurase a ir a recoger a la huérfana. Aunque la repentina desaparición de Ángela no dejó de impresionar al consejero, en el fondo se vio libre de un gran peso y sintió que al fin podía respirar con libertad. El mismo día en que recibió la noticia, se puso en camino hacia F... No puede usted figurarse la emoción con que el consejero me pintó su encuentro con Antonieta. En la misma forma extraña de su expresión había algo tan fuerte que no podría nunca repetirlo con exactitud. Antonieta tenía todas las condiciones buenas de su madre y, en cambio, ninguna de las malas. No albergaba ningún demonio que pudiera asomar la cabeza cuando menos se esperase. El novio estaba también allí. Antonieta conmovió a su padre hasta lo más íntimo cantando uno de los motetes del viejo padre Martini [7], que sabía le cantara su madre en los tiempos de sus amores. Krespel vertió un torrente de lágrimas; nunca oyó cantar a Ángela de aquella manera. El tono de voz de Antonieta era especial y raro: unas veces semejaba al hálito del arpa de Eolo; otras, el trino del ruiseñor. Parecía como si las notas no tuviesen sitio suficiente en el pecho humano. Antonieta, sofocada de alegría y de amor, cantó y cantó todas sus canciones más lindas y B tocó y tocó entretanto, haciendo aún mayor la inspiración. Krespel oyó primero entusiasmado; luego se quedó pensativo..., silencioso..., ensimismado. Al fin se levantó, estrechó a Antonieta contra su pecho y le rogó en voz baja y sorda:

—No cantes más, si me quieres...; me oprimes el corazón..., me da miedo..., miedo...; no cantes más.

—No —le dijo al doctor R... el consejero al día siguiente—, no era simple semejanza de familia el que su rubor se concentrase, mientras cantaba, en dos manchas rojas sobre las pálidas mejillas; era lo que yo temía.

El doctor, que al comienzo de esta conversación se mostró muy preocupado, respondió:

—Quizá consista en haber hecho esfuerzos para cantar en edad demasiado temprana o un defecto de su constitu-

---

[7] Giambattista Martini (1706-1784), llamado generalmente Padre Martini, notable historiador musical y maestro del contrapunto.

ción; pero el caso es que Antonieta padece de una afección de pecho, que precisamente es lo que da ese encanto especial y extraño a su voz, y la hace colocarse por encima de todas las voces humanas. Pero ello mismo puede ser causa de su muerte prematura, pues si continúa cantando no creo que tenga vida para más de seis meses.

A Krespel le pareció que le atravesaban el pecho con cien puñales. Sentía algo así como si en un árbol hermoso brotasen por vez primera las hojas y los capullos y tuviese que arrancarlo de raíz para que no pudiesen florecer más. Tomó una decisión. Explicó el caso a Antonieta y le dio a elegir entre seguir a su novio y las seducciones del mundo y morir en la flor de la juventud o proporcionar a su padre la tranquilidad de su vejez y vivir largos años. Antonieta abrazó a su padre, llorando; no quería comprender toda la verdad del caso temiendo el momento desgarrador de la decisión. Habló con su novio; pero, a pesar de que este prometió que nunca saldría de la garganta de Antonieta una sola nota, el consejero sabía de sobra que el mismo B... no resistiría a la tentación de oír cantar a Antonieta, aunque no fuese más que las composiciones suyas. El mundo, los aficionados a la música, aunque supiesen el padecimiento de Antonieta, no se resignarían a no escucharla, pues la gente es egoísta y cruel cuando se trata de sus placeres. El consejero desapareció con Antonieta de F... y se trasladó a H... Desesperado, supo B... la partida. Siguió las huellas de los fugitivos, alcanzó al consejero y llegó tras él a H...

—Verle una vez más, y después morir —suplicó Antonieta.

—¿Morir? ¿Morir? —exclamó el padre, iracundo y sintiendo que un escalofrío le estremecía.

La hija, el único ser en el mundo que podía proporcionarle una alegría jamás sentida, lo único que le ligaba a la vida, imploraba, y él no quería ser cruel con ella; así que decidió que se cumpliese su destino.

B... se puso al piano. Antonieta cantó. Krespel tocó el violín satisfecho, hasta que en las mejillas de la joven aparecieron aquellas dos manchas fatídicas. Entonces mandó callar. Pero cuanto Antonieta se despidió de B... cayó al suelo lanzando un grito.

—Yo creí —así dijo Krespel—, creí que la predicción se cumplía y que estaba muerta; y como no era para mí una novedad, pues me había colocado en lo peor desde el principio, tuve cierta serenidad. Cogí a B... —que con el sombrero tenía el aspecto más ridículo y tonto del mundo— por los hombros, y le dije —el consejero adoptó su voz cantarina—: «Ya que usted, señor pianista, como se había propuesto, ha asesinado a su querida novia, puede usted marcharse tranquilamente, pues si permanece aquí mucho tiempo es posible que le clave en el corazón un cuchillo de monte, para que su sangre dé color a las mejillas de mi hija, que, como usted ve, están muy pálidas. Huya pronto de aquí si no quiere que le persiga o arroje sobre usted un arma». Indudablemente, estas palabras las debí pronunciar en un tono terrible, pues, lanzando un grito de espanto, el bueno de B... se separó de mí y salió precipitado de la casa.

Cuando se marchó B..., el consejero volvió al aposento donde se hallaba Antonieta tendida en el suelo, sin conocimiento. Vio que trataba de incorporarse, que abría un poco los ojos, pero que volvía a cerrarlos como si se hubiera muerto. Krespel comenzó a gritar inconsolable. El médico, que acudió al llamamiento del ama de llaves, declaró que Antonieta padecía un ataque grave, pero que no era de peligro; y, en efecto, se restableció rápidamente, mucho antes de lo que su padre se podía imaginar. La joven se unió a Krespel íntimamente, demostrándole un cariño sin límites; se compenetró con sus caprichos, con sus rarezas y sus extravagancias. Le ayudaba a desarmar violines antiguos y a armar los modernos.

—No quiero cantar más, sino vivir para ti —decía muchas veces, sonriendo, a su padre, cuando se había negado a acceder al ruego de alguien que le había pedido que cantase.

Krespel, sin embargo, procuraba evitar estos momentos, y por eso aparecía muy poco en sociedad y evitaba sobre todo que se encontrase donde hubiese música. Sabía muy bien lo duro que era para Antonieta el renunciar al arte en que se había distinguido tanto. Cuando Krespel compró el admirable violín que enterrara con Antonieta y lo iba a desarmar, su hija le miró con mimo y le preguntó:

—¿También este?

El consejero no sabía qué fuerza superior le impulsó a dejar intacto el violín y a tocar en él. Apenas comenzó a tocar las primera notas, cuando Antonieta exclamó:

—Ahí estoy yo... Ese es mi canto...

En verdad, los sonidos argentinos de aquel instrumento tenían algo maravilloso, parecían salir del pecho humano. Krespel se sintió profundamente conmovido; tocó con más gusto que nunca, y conforme atacaba las escalas, dándoles toda la expresión de que era capaz, Antonieta palmoteaba y exclamaba encantada:

—¡Qué bien lo he hecho! ¡Qué bien lo he hecho!

Desde aquella época su vida fue mucho más tranquila y alegre. Muchas veces le decía a su padre:

—Quisiera cantar un poco, padre.

Krespel descolgaba el violín y tocaba las más lindas canciones de Antonieta, lo cual le producía inmensa alegría. Poco antes de llegar yo, el consejero creyó oír en el cuarto junto al suyo que tocaban el piano; escuchó atento y distinguió claramente que B... preludiaba una pieza con su estilo acostumbrado. Quiso levantarse, pero se sintió como preso por fuertes ligaduras que no le permitieron moverse. Antonieta comenzó a entonar en voz baja una canción, llegando poco a poco a subir, subir hasta el *fortissimo,* y bajando de nuevo al tono profundo en que B... escribiera para ella una de sus canciones amorosas conforme al estilo del antiguo maestro. Krespel me decía que se encontraba en una situación incomprensible, pues sentía una satisfacción inmensa al tiempo que una profunda angustia. De repente le rodeó una gran claridad y vio a Antonieta y a B... abrazados y contemplándose con arrobo. Las notas de la canción y las del acompañamiento seguían sonando sin que Antonieta cantase ni B... pusiese las manos en el instrumento. El consejero cayó en una especie de desmayo, en el cual siguió oyendo la música y viendo la imagen. Cuando volvió en sí, le pareció que había tenido una pesadilla horrible. Precipitadamente penetró en el cuarto de Antonieta. Con los ojos cerrados, iluminado su rostro por una sonrisa celestial, con las manos cruzadas, yacía sobre el sofá, como si estuviese dormida y soñase con todas las delicias del cielo. Estaba muerta.

Austral Cuentos ofrece al lector breves antologías de relatos de algunos de los mejores escritores de todos los tiempos.

AUTORES DE LA COLECCIÓN

Antón Chéjov

F. Scott Fitzgerald

E. T. A. Hoffmann

Franz Kafka

Katherine Mansfield

Bram Stoker

Oscar Wilde

Virginia Woolf

AUSTRAL